Go, see and

当  我和世界不一样

【那就让我不一样】

南戈／著

中国友谊出版公司

图书在版编目(CIP)数据

当我和世界不一样 / 南戈著 .—北京：中国友谊出版公司，2015.10

ISBN 978-7-5057-3584-2

Ⅰ. ①当… Ⅱ. ①南… Ⅲ. ①游记－作品集－中国－当代 Ⅳ. ① I267.4

中国版本图书馆 CIP 数据核字(2015)第203874号

书名 当我和世界不一样

作者 南戈 著

出版 中国友谊出版公司

发行 中国友谊出版公司

经销 新华书店

印刷 北京市雅迪彩色印刷有限公司

规格 787×1092 毫米 32 开

9 印张 170 千字

版次 2015 年 10 月第 1 版

印次 2015 年 10 月第 1 次印刷

书号 ISBN 978-7-5057-3584-2

定价 34.80 元

地址 北京市朝阳区西坝河南里 17 号楼

邮编 100028

电话 （010）64668676

OneBook

一
本

One
Book

tg_onebook@126.com

当 美 好 遇 见 美 好

纪念余一中教授

哪有什么胜利可言，挺住意味着一切。

——里尔克

我们每个人都只是半个人，就像儿童们留作信物的半个硬币，也像一分为二的比目鱼。

—— 柏拉图，《会饮篇》

耶路撒冷啊，若我忘了你，
愿我的右手枯萎，再也不能弹琴，
若我不记得你，不以耶路撒冷为我最大的喜乐，
愿我的舌头僵硬，再也不能唱歌。

——《诗篇》

CONTENTS

目录

When
I am different from
The world

当我和世界不一样

目　录

第一个记录　从南京到以色列：世界的无限种可能

第二个记录　游走在世界另一端：不一样的公民

目　录

第三个记录　从罗马到纽约：与世界不一样的其他人

第四个记录　从以色列到北京：被听见的沉默

后记

PREFACE

自　序

世界是一种力量，而不仅仅是存在

PREFACE

世界是一种力量，而不仅仅是存在

我的第一次出国旅行，在很长一段时间里，成为最羞于向他人启齿的私密。

五年前，我以中国四名代表之一的身份出发去罗马参加世界青少年峰会时，曾怀着澎湃的爱国主义热情和民族自豪感。我怀着这种热情花了一整个下午在南京街上搜寻一枚印有中国国旗的徽章，我把这枚小小的五星红旗别在书包上，兴奋地踏上旅途。

但在罗马面对这个世界的时刻，我所见识到的却是扑面而来的磅礴落差：中国与世界的不同，自己与其他国家代表的不同，甚至是自己与周围同为中国代表的不同。在这样不同的对比中，我一直以来的感觉都是一种不自知的自卑。

在从罗马回来后的两年，我深觉配不上自己的好运，害怕被人看穿其实我金玉其外，败絮其中。我拼命努力，什么都争第一，因为那是我唯一知道的可以用来证明我配得上自己运气的方式。然后高考失利。

在高考受挫的阴影下我度过大学前两年。那时候不论是人生还是读书，都好像在漆黑的甬道里前行。不愿停下来，却也不知道自己跌跌撞撞地要往何处走。直到大三，用了一年前往以色列，这个被世界所侧目的，永远处于关注和冲突的，最为与世界不一样的国家。

有幸得遇许多令我感佩的师长和朋友，才似终于推开一扇门，脚下的路渐渐敞亮。

困兽居于斗室既久，重见天日难免情绪激荡。回国后沉淀的这些时日，我得以细细捡回那些在读书的执念和自我斗争的混沌中，被忽视的旧日时光。觉得平凡如尘的人事，在回望时才明白，那原是生活为我埋下的伏笔。

2009/07 罗马
2011/09 南京
2012/08 吉隆坡
2013/10 以色列
2014/02 美国
2014/04 土耳其
2014/07 北京

从十五岁开始，世界在我面前缓缓地展开它与众不同的样子。

我想起那些在我初遇这个世界就给我重重震撼冲击的与众不同的人们，想起他们为认识这个世界所付出的努力，想起我们互相的鼓励和相同的困惑，关于梦想、焦虑、爱情、工作、事业、艰难时刻、命运、坚持和妥协。

世界是一种力量，而不仅仅是存在

六年前在罗马结识的小伙伴们，有的已是普京面前的红人，有的被联合国邀请参加全球公共卫生大会，有的以优异成绩从哈佛毕业，还有的读到大二退学，毅然远赴纽约和伦敦追寻自己不一样的人生……这些曾经相遇，而此刻散落世界各地的小伙伴们，一直激励着我去亲近这个广阔的世界，去理解人类比世界还要广阔的内心。

今天的我，庆幸当初自己不曾放弃生命。年轻的我仅见过这个世界极小的一部分就已感动于它的丰美。我从未如此刻一般热爱自己能走、能爱、能思考、能创造的每一天。

命运以痛吻我，世界却赋我力量。愿我们都能在这短暂的一生中，不断与世界相遇，与不一样的自己相遇。

共勉。

PREFACE

序　一

不一样背后的一样

PREFACE

多年前，犹太民族政策研究所的沙洛姆·瓦尔德博士来找我，就促进中犹民族关系的方向与途径问题听取我的看法。在谈论了一番经典翻译、传统间对话、媒体交流、精英互访之类的大话题之后，我告诉他说：“我以为这一切无论如何美好，都还是空中楼阁，两个民族间真正的交流应该来自那些普通人之间平凡而普通的来往：以色列国应该找到途径，鼓励中国人大批来以色列看看，来得越多越好，待的时间越长越好。”他问我：“这样做的目的是什么呢？”我想了一下，回答他说：“让他们看到，犹太人跟中国人没什么不一样！”

说“没什么不一样”，当然不能简单地从字面上去理解。不同的历史经历、不同的文化渊源、不同的传统思维、不同的政治社会制度，乃至于不同的饮食衣着习惯，都让这两个历史上从未真正相遇的民族看起来非常不一样。看到这种不一样，是任何一个正常人都有的自然反应。而找到这些不一样背后的一样，最终理解我们是拥有相似的、从共同的人性中生发出来的梦想、热情、快乐与烦恼的一般意义上的人，则需要比较长的时间、比较深入的了解和比较敏锐的洞察力。然而，只有走到这一步，民族交流才算达到目的，民族之间的那些“不一样”才能得到更好的宽容与理解，种族主义与种族仇恨的偏见才会烟消云散。

以色列的犹太人对中国人的确有一种不同一般的热情。很多中国人在西方其他国家多年生活在相对自闭的圈子里，到了以色列，立刻就和当地人打成一片，如胶似漆。这大约也是在以色列居住过的中国人抒写当地生活感受的作品层出不穷的原因之一。回顾这些作品的历史，可以清晰地看出一个从寻找神奇到寻找平淡，从惊诧莫名到从容自如，从完全“不一样”到渐渐“一样”的过程。

正是在对这样一个过程进行观察的视角上，南戈的这本书有着独特的亮点：她在对以色列的“不一样”进行细致入微的观察与卓尔不群的体验的过程中，发掘出了“我”和他们“一样不一样”的深层醒悟，找回了丢失的自我，重拾了自信与勇气。这是跨文明对话的高级境界：不仅能理解不一样背后的一样，而且能够运用这种理解来解决自身的问题。

我希望在中犹民族交往的过程中，能有越来越多南戈这样的观察的眼睛和体悟的心灵参与进来，能有越来越多的“找到不一样背后的一样”的好书涌现出来！

张平
以色列特拉维夫大学东亚学系终身教授
中国教育部长江学者讲座教授
2015 年 4 月 22 日 于檀香山

When
I am different from
The world
—
当我和世界不一样

P R E F A C E

序 二

每个人都有属于自己的宇宙

PREFACE

尼古拉斯。难以想象这么简短的一个名字就能将我概括。如果可以，我会给这个简单的名字加一长串定语：我是法国人，我 20 岁，我有一千、一万种身份。

14 岁那年，我被法国政府选为代表，到意大利罗马参加青少年八国峰会。我在那里遇到了很多优秀的同龄人，其中就包括这本书的作者。那时的南戈活泼聪颖，是人群中光芒一般的存在。很快我就和她、和参会的其他代表成为了好朋友。在罗马，我发现世界上还有许多杰出的人，他们生而不同，并且选择活得不同。这一发现重塑了我的人生观，我决心在渴求知识之外，更多地体验生命。

2009 年夏天，我到北京参加模拟联合国大会。也是在那一年，母亲允许我搬到宿舍和交换生同住，因为她觉得这样有助于我从不同的角度看待世界。2010 年，我离开法国到挪威做交换生。再后来，我去厄瓜多尔上了十一年级。16 岁时，我比同龄人提前两年完成高中学业，穿越大半个法国到里昂读大学。在法国第二大城市生活了两年之后，18 岁的我觉得是时候再次出发去寻求不同的体验了。

这一次，我决定去中国。

在北京的两年里，我致力于推动中美之间的贸易投资，努力学习中国人的思维方式。今天，我对自己“半个中国人”的身份非常自豪。我爱这个国家，哪怕它并不使我与周围的人们更不同。

我能简略谈谈自己对中国年轻人的看法吗？

在中国，有两点发现使我尤为震惊。第一，中国的年轻人（二十岁出头的）稚气而不成熟。大部分年轻人很不独立，不会做饭，饮食不健康，对于生活常识知之甚少（比如性知识），情绪化，有点懒惰。最不幸的是，他们对自己未来想要追求什么一无所知。第二点却可以说是第一点的积极面。也许正是由于这种稚气和不成熟，中国人很享受生活，充满好奇，单纯而又无忧无虑。他们较少被西方暴力和过度性欲化的世界所侵蚀。在欧洲——请注意我的用词，“欧洲”而非“欧美”——年轻人确实更加了解他们所处的世界和自己在其间的位置。他们更独立、受教育程度更高、更有文化品位，但他们同时也不得不早早地面对性、毒品和酒精的诱惑。

我喜欢中国，因为她是一片充满机遇的乐土。在某种程度上，她比我的祖国与我的心灵更为契合。现在，单一的国籍已无法定义我了。我不再将自己视为一个纯粹的法国人。我在某些方面像中国人，在另一些方面像美国人。我自认是一个真正的世界主义者。我去过五个大洲、二十二个国家，我的身份认同随着经历的增加也日渐复杂。

究竟如何定义我自己呢？一个特别的人帮助我回答了这个问题。2009 年我在罗马遇见了南戈。这之后过了五年，我才和她见上第二面。那是 2014 年夏天，当时她刚从以色列回到中国。

分别这么长时间后还能再与她相见，于我而言是幸事一桩。我爱她、尊敬她，因为她和我秉持同样的信念，并在生活中以各自不同的方式践行着。和我一样，她对这个世界充满无限的好奇，需要通过旅行感受生命，认为自己属于整个世界，就像整个世界也属于她一样。

和我不同，与生俱来的天赋使得她能够迅速理解并融入其他文化。她是极好的倾听者，真正对他人怀有平等的尊敬和关切。这是我非常钦佩她的一点。

我们还有另一个共同点，那就是都热爱写作。我们常常在一起花几个小时漫无边际地聊天，这些交谈促成她完成了这本书和我的一些小说。也是同她的这些交谈，使我更好地理解自己。我意识到写作对我不仅是一种爱好，更是一种流淌在血液中的强烈渴望。著名的法国化学家拉瓦锡发现的质量守恒定律告诉我们，无物凭空消失，无物凭空产生，万事万物通过转化生成。不过，我们作家却每天都在反驳这个定律。没错，我们的确要通过电脑将电力转变成文字，但首先，是作家使头脑中的想法成形。我们创造思想，将之诉诸笔端。一种新的意义借由语言而诞生。

这促使我发现了一个改变人生的事实——是的，一个仅有七个字母的名字就足以代表一个人和他所拥有的全部。因为这就是我们：我们每个人都拥有一个环绕自己的小宇宙。这个宇宙充满了矛盾、分裂、邪恶和冲突，也充满运动、演变和进步。我们的名字就是这宇宙的起源。我相信，接受这一设定是人与内在自我和解的关键。

我不再像以前那样迫不及待地想证明自己，也不再试图用世俗标准定义自己。真正的胜利不是对外部世界的征服，而是对我们内心的探索。这种胜利是对个人内在秩序的构建，接受自己的长处和弱点，宽宥不尽如人意的过去，迎接前路不明的未来。这种胜利还意味着智识、理解和雄心的不断积累。这种胜利即是有底气说：“我是尼古拉斯，我知道我想要什么。”

我们必须为自己的梦想奋斗，但在这之前，我们得先搞清楚自己的梦想是什么。我想要整个世界。我们的梦想都应该是以自己独一无二的方式去理解这个世界。

南戈就是这样一个人。请记住我的话和这个“宇宙进化论”，因为南戈将要展现的世界将使你们大跌眼镜。

尼古拉斯〔法国〕

When
I am different from
The world

—

当我和世界不一样

ONE

RECORD

第一个记录

从南京到以色列：世界的无限种可能

RECORD ONE

01 世界上的另一个我

直到三年以后的今天，我才会慢慢想起高考时自己情绪崩溃的原因。但三年前，我只是心甘情愿地接受被调剂的结果，不顾老师和家长关于复读的提议，惴惴不安地踏上了去南京的路途。因为在当时的我看来，“再读一年高三”比“念一个被调剂的专业”更令人恐惧。虽然我很快就明白，学俄语并不比复读轻松。

我陷入极度焦虑的状况整整一年，从高三第二学期到大一下学期。在此期间，我的脑袋好像被分成两个层次，不管做什么，总有另一层次的自己在走神。我无法长时间集中精力，也根本无心学习。本该拿来完成作业的晚自习时间，我总忍不住要跑去食堂吃面。七元钱一碗的小排面，已经吃过晚饭的我可以一口气再吃两碗。胃已经撑得快要爆炸，但全身的每一个毛孔都在疯狂地叫嚣：“饿！饿！饿！”吃到实在吃不下去的时候，每走一步都能感到肠胃在沉甸甸地晃动。面汤堵在嗓子眼儿，稍走得快些就会吐出来。

就算能靠吃夜宵拖延时间，但单词还是要背，作业还是得做。别人一晚上花三四个小时才能完成的任务，我抱着书在通宵自习室用两个小时囫囵吞枣。第二天的听写当然不及格，期中考试当然不及格，期末考试当然要垫底。那个学期我在班里排名倒数第二，倒数第一的男生后来退了学。

高考后我哭得昏天黑地，但除了我自己，没有人认为我需要心理医生。因为高考没考好就如丧考妣的优等生俯拾即是，他们不缺心理干预，他们缺的是磨难！是意志！是考验！我也在那个暑假从周围人骤变的态度和冷眼中明白，成者的意气、理想、坚持是意气、理想、坚持；败者的意气、理想、坚持是虚荣、妄想和愚勇。

没有人要听失败者说话。

上大学后，我牢记刚刚学到的人生经验，绝口不提自己艰难的精神状况。紧张的学习生活也让我无暇考虑去找心理医生的事情，况且我并不那么信任他们。我靠阅读有关焦虑的书籍来给自己“治病”。可是除了知道自己符合“重度焦虑”的每一条症状外，那些治疗措施从没在我身上起过作用。

我就这么默默地捱着，直到有一天突然觉得脑子好像又合二为一，从此再不能以“精神紊乱”为借口自欺欺人地不学习了。尴尬的成绩摆在面前，之前情绪崩溃顾不得廉耻的自己现在又知道丢脸了。而且我渐渐明白，一个好看的成绩不仅关乎“脸面”，更关乎选择的自由。

成绩不够好，就不能去想去的城市上学，不能自由地选择想读的专业——虽然那时我并不知道自己想读什么，不能转专业，不能出国交换。

大二伊始，我每天六点半起，七点准时站在走廊上读书，每天学十几个小时，夜里一点睡觉。规律踏实，勤勤恳恳。累得曾在下了晚自习回宿舍的路上一屁股坐在地上不想再走，也沮丧得连续一个多月每天夜里躲在被窝里哭。这样捱了一个学期，终于考了全班第一，大二学年结束时拿了国家奖学金，也有了可以选择是去俄罗斯还是去以色列交换的自由。

排名提高后我恢复了不少信心，但那个自高三起就一直困扰我的“那又怎样”的问题仍然没有得到解决。我在自己没有兴趣的事情上——高考和学俄语——付出全部时间和精力才勉强取得了一些成绩——那又怎样呢？前十九年的人生中，我一直以这个社会的“标准”衡量自己：社会以成绩论胜负，所以我拼命学习好怕输；社会以成败论英雄，所以我太懂失败者没资格发牢骚。但所有这些标准和努力并没有让我成长为令自己满意的人。

因为曾是失败者，所以明白失败者其实比所谓的胜利者有更多的话要说；因为做过失败者，所以明白在胜利者必然是少数的世界里，焦虑、抑郁、失意、颓唐才是大多数人在大部分时间里最真实的生活。在我们这里，失败者没有尊严，也无人关心。我们最好对自己的遭遇闭口不谈，以免成为被群嘲的祥林嫂。

选择去以色列交换正是因为我想在这样的标准之外探索更多的可能性。我学了两年俄语，仍然难说对它有多感兴趣。以色列的大学给交换生提供完全的选课自由：哲学、历史、文学、政治学、社会学……我可以凭着自己的兴趣任意去选——这样的自由对我来说弥足珍贵。如果做自己没有兴趣的事情，即使能做好也没什么成就感的话，我想试试看任由自己按兴趣发展会有怎样的结果。

在以色列游学的一年里，我生命中的很多疑惑都得到了解答。整个人状态松弛下来后，我回想起自己五年前的心结，也慢慢明白了这个心结为何导致我高考时情绪崩溃。我曾因被命运厚待而深觉有罪，觉得自己偷了本该属于他人的机会，觉得我配不上自己的好运，害怕被人看穿其实我金玉其外，败絮其中。我拼命努力，什么都争第一，因为那是我唯一知道的可以用来证明我配得上自己运气的方式。高考失利后，我一度暗自庆幸，因为自己跌得越惨，能赎的罪就越多——命运不问我意愿就强加给我好运，现在它又强加给我一个噩运。我甘之如饴地接受，权当还债。是我在以色列的历史教授让我明白，人的生活同历史一样充满偶然。这种偶然无法抗拒，也无须抗拒。命运给你什么，你受着就好。顺境时知感激，逆境时不自弃。心中常怀敬畏，要明白人力有所不及。

我的很多朋友也在大三那年出国交换，他们在不同的国家有不同的遭遇。回国后听他们说起自己的故事，我才明白自己在以色列有多么幸运。从我踏上那个国度的第一天起，心中压倒一切的情绪就是感激。今天再回望那段时光，更觉命运待我不薄。

我懦弱、犹疑、畏畏缩缩，命运就让我遇见一群乐天得神经大条的以色列人。他们无数次对我说："你干吗要抱歉？干吗觉得对不起？在以色列不要做 Kush Kush（小可爱），要学着 Chutzpah（蛮起来）！"

我以在外人面前显露自己的脆弱为耻，命运就让我遇见一家无微不至地关照我敏感心绪的以色列人。到以色列的第三天我就被欺软怕硬的官僚气哭，才认识没多久的以色列姑娘把我搂在怀里，安抚我直到深夜。这一家人邀我共度安息日、逾越节、五旬节，把我介绍给他们的亲戚和朋友，过春节时专门找印刷店做贺卡送我，出差去中国也不忘给我带大白兔奶糖。他们不仅和我分享自己心愿达成的喜悦，也和我说希望落空的惆怅。渐渐地，我也觉得，向人倾诉自己的失意并不是那么可耻的事情。

我前十九年的人生都在社会的鞭笞下拼命狂奔，命运就让我遇见一群以色列人，他们将我拦下来问："你要奔去哪里？可知道自己狂奔时错过了什么？"有一次和以色列朋友聊起自己的高中生活。那时每次考完试，老师都会把名次表打印出来，贴在墙上。我对这样的做法习以为常——在僧多粥少的社会，为了鼓励竞争采取这样的做法并不是不能理解。以色列朋友却一声惊呼，说这对孩子而言太残酷了。

“你觉得自己在中国会比在以色列更自私吗？”他问。

是否更自私我不知道，但我知道自己直到今天也难以发自内心地赞美同龄人的成就。从小生活在同一套考核标准下的我，心中最挥之不去的一个念头就是“比”。可惜走出学校，发现大千世界在考试之外还有无数种可能，人生的精彩也不再能用单一的分数来衡量。可我仍然忍不住要比，要为那个不如人的我痛恨自己。直到有一天一位老人告诉我：“你要是养过婴儿就会知道，人们生来就是不一样的。”

如当头棒喝，我突然明白自己之前企图做到十全十美的想法是多么虚妄。

人们生来就是不一样的。在漫长的一生中，重要的也不是去和他人攀比。成长就是在自由的土壤中不断试错，去寻找自己、发现自己、塑造自己。

我在以色列遇到的好多朋友，放到中国都是妥妥的“失败者”。有的二十好几还没决定学什么专业；有的三十出头还无房无车；有的男大不婚，有的女大不嫁。但这些从不给自己设限，也不为他人而活的以色列人深深地吸引着我。他们可能学了日语又跑去学环境科学，可能连中文都不会就敢到广州创业；他们可能既是潜水教练又是法语翻译，既是教务员又是摇滚歌手。他们让我明白，只有在凭一套僵化标准论断人生价值的地方才有所谓的“失败者”，而世界本充满无限可能，找到天赋的每一个人都不可替代。

我深深感恩自己在以色列有幸度过的每一个夜晚和白天，感恩我在那里遇到的每一个人，但我知道，不是所有人都像我一样觉得自己被以色列温柔相待。有朋友被蛮横无理的以色列人气得火冒三丈，也有人觉得跟中国相比以色列只不过是个资源贫瘠的弹丸小国。我男朋友嫌在以色列没有肉吃，最好的朋友嫌特拉维夫的建筑毫无美感。但是在十九年的人生中，我从来没有哪一个时刻过得像在以色列那么开心。

刚到以色列不久，我就兴奋地在朋友圈分享自己的狂喜：“从来没有那么期待过第二天的上课铃，也第一次知道原来学自己感兴趣的东西那么激动人心！”早已远渡重洋的学姐回复我说：“一旦你体会过自由，就再也不会失去她。”

我想也许这就是我如此感恩以色列的原因。因为在这个地中海畔的国度，我第一次体验到了知识的乐趣，自由的美妙，生命如大海一般浩渺的无限可能。因为在这个地中海畔的国度，来自山城的我第一次解开箍在心上的枷锁，找到了世界上的另一个自己。

02 最初的露，最终的海

（一）

临去以色列前我大病一场，部分原因是我过于担忧交换期间的住宿问题。特拉维夫大学早发过邮件，说今年宿舍紧张，鼓励大家在校外自行租房。没有当地人的帮助，国际学生想要远程租房谈何容易。我扑在网上折腾了大半个月，仍然一无所获。

房子没找到，露露小姐的邮件却到了。

露露小姐是特拉维夫大学中文系的大一新生，被学生会分配给我做小伙伴。你来我往的邮件还没发上几封，她便热情地表示要来接机，而且竭力邀请我和同行的女生去她家暂住，“住到你们找着房子为止”。

露露家住 Modi’in（莫迪因），距离特拉维夫大约四十分钟车程。房子虽不大，却布置得非常温馨。她妈妈是一个身形丰腴的中年妇人，在小学教英语。她不仅把自己的床让给我们睡，还每天变着花样做比萨和蛋糕给我们吃。刚到以色列第二天，露露全家人就开车带我们去海边兜风。夜里我们坐在床上聊天，露露妈语重心长地叮嘱我们哪些地方不能去，什么人危险不可交。尤其啊，“你们不要相信特拉维夫的男孩子，他们都是小恶魔！如果实在要跟他们发生关系的话，一定一定要记得戴避孕套！”

话锋转变得如此之快，我一时没反应过来。露露小姐兴奋地补上一刀：“以色列男生对亚洲姑娘特别热情。不过噢，我告诉你，这是因为他们喜欢看日本 A 片，所以觉得东亚女生床上功夫都特别好！”

到以色列的第三天，我们就意外地分到了宿舍。那天早上我们去学校找宿管时，对方还信誓旦旦——“实在是没有空房了”。中午，一位以色列朋友偶然跟校长助理提起我们的情况，结果校长助理一个电话就给我们安排好了宿舍。

说好的不搞关系呢？人和人之间还有没有点基本的信任了？

晚上又一“噩耗”传来，某交换生提着行李到宿管办公室一屁股坐下，宣称校方要是不给安排住房，他就在办公室打地铺。宿管忙不迭地把他从地上劝起来，毕恭毕敬地递上了宿舍钥匙。这一场闹剧更是让我觉得自己之前大半个月的病都白生了。回想起住院时被误诊、隔离的辛酸和今天这一戏剧性的转变，我一屁股跌坐在沙发上，悲愤交加。

说好的温柔相待呢？人和人就不能好好说话，非要靠撒泼耍赖才能办事吗？

露露小姐听我说完事情经过，哈哈大笑："威胁宿管，这真像我们以色列人才会干的事情！"

"跟你好好说话你不听，非要说狠话让双方都难堪吗？"她不以为然的笑声无异于雪上加霜，早已满脸涕泪的我此刻已近乎歇斯底里。露露见状收起笑脸，安抚我道："在以色列讲礼会被认为是软弱，软弱就怪不得别人不重视你。我明白中国人大概是很讲礼也很委婉的，但我们以色列人可是出了名的粗暴直接。尤其对这些做行政工作的，以后再需要和他们打交道时，你态度非强硬不可。"

我向来耻于在外人面前暴露自己的脆弱，但初到异国他乡的忐忑和露露温和耐心的话语，让我在那个夜晚把此前所受的种种委屈都哭了出来。我一直哭到深夜才渐渐归复平静，她便守在我身边，就着鹅黄色的灯光不住地为我拭泪。后来提起此事，露露小姐笑说："那大概是我们第一次感到彼此的生命从此有了联结。"

（二）

在以色列时，露露小姐和她妈妈几乎每天发信息问我衣食起居，逢周末、节日都邀我回家共度。我青春期的大部分时间都被学习占据，对旁人的喜怒哀乐多抱以事不关己的态度。这一家人对我无微不至的关切让我既感激，又觉不好意思。

露露小姐心思细腻敏感，我晚回复她信息几分钟，她就会紧张，生怕我生她闷气。而我在她看来可谓不近人情。有一次因为我临时有事，没能按约送她回家，她终于把忍了三个多月的满腔怒气朝我掷来，历陈我对她的不关心和漠然。说在我需要她时，她永远把我放在第一位，因为她感到一种对于朋友的责任和义务；而每当她需要我为她做什么时，我总有其他比她更重要的人和事要考虑。

“我不要你因为我帮助过你，你觉得亏欠所以要为我牺牲什么，我只希望你把我当作朋友，在我需要你时，你能出于对友情的义务而不会总是缺席。”

露露小姐一连三天都没理我。整个周末我都在不停地发信息道歉和担心失去她的惶恐中度过。在这之前，我已经记不得自己上一次因朋友感到歉疚是什么时候了。因为自高中时我就经常独自上下学、在操场跑圈。

少年时光随耳畔的风呼呼逝去，万籁俱静，我的世界只有自己。直到好几个月后我才渐渐体会到，自己以前确实是自私，而且自私到全然不觉自己自私的地步——还有比这更自私的吗？

十五岁时在意大利，有记者采访同行的北京姑娘，问她业余时间喜欢做什么。姑娘后来跟我说："每次遇到这样的问题我都很困惑——我有业余时间吗？"

露露小姐开学后不久向我抱怨："我现在每天都在学习，简直没有生活！"我听完只觉这说法奇怪——生命走到今天，对我而言，所有的生活都是为了学习，学习就是生活，哪里有学习和生活分开来说的？直到看见以色列人每个安息日都要和家人团聚，互相交流最近发生的事情；直到好几个朋友在不同场合对我说，"最近好忙，可是再忙也得和朋友碰面找乐子呀"，我才似乎有点懂得，除了学习、工作之外，还可以留一些时间分给"生活"。

生活是与亲人、朋友坐下来谈天，谈彼此遇到的困惑，分享各自的喜怒哀乐；生活是与学习和工作之外的自己相遇，阅读、远足、望月、行歌。说到底，还是那个被人问到烂俗的问题：这么拼命地学习和工作到底为了什么？

大概中国的父母喜欢说，抓紧时间念书！以后出人头地了再孝敬父母。以后出人头地了，想干什么都行。以后出人头地了，再考虑爱好这些有的没的。可是“以后”是多久以后？“出人头地”又以怎样的标准来衡量？所谓奋斗和赚钱永远没有终点，如果将出人头地当作人生目标的话，名利一辈子都挣不完，永远有比你更富贵的人。“子欲养而亲不待”是人生之莫大悲剧，为什么非要等到遥遥无期的“出人头地”以后呢？然而，这笼罩在每个中国父母心头的莫名的紧迫感终于感染了孩子。我觉得“时不我待”“一寸光阴一寸金”，每分每秒都要出成果，不然就会落于人后，好怕输。至于朋友病体欠安、心绪欠佳，不干我事，不要为杂人杂事分了心，浪费时间。大概因为如此，之前二十年的人生中我才只顾自己闷头往前冲，却从未停下来想过自己努力究竟为了什么，又在这过程中失去了什么。

直到生命中多了露露小姐和她的家人，我才像第一次体会到人类情感的机器人一般，从此慢慢体悟，亲人和朋友最重要的意义就是陪伴。书可以择日再念，试可以择时复习，与家人和朋友待在一起的时间却是过一日少一日，算得上什么分心？况且陪伴是有时效性的，最悲伤的时候缺席，过后补上的安慰似隔夜剩菜，味道仍在，心里只觉发馊。

当露露小姐又一次因失恋哭得昏天黑地时，我总算第一次愿意放下手头的事情赶去莫迪因陪她，哪怕那天回来后我在图书馆一连十几个小时对着屏幕赶论文到眼睛要瞎也不觉后悔。

不过这一次，露露小姐倒是宁愿要工作而不要情人陪伴了。她坐在床上哭得双眼浮肿，却还拉着我要我读课本上的中文问题让她回答，因为“只有学中文才能让我不想他”。可是根本学不下去。

我用中文问她：“你要工作，还是要男朋友？”

露露小姐又哭又笑：“要工作。”

“为什么？”

“因为男朋友不好。”说完又扑簌簌落泪，滴滴答答。

（三）

露露小姐总说：“你和我真的好像！”而我自从读到她的第一封邮件起，就知道我和她很不一样。不仅因为她心思细腻敏感，我迟钝大条，更因为她是女神级。

露露小姐第一次给我发邮件时就声称自己是“购物狂”。我向来对逛街不大感冒，到以色列后也只陪她逛过两次商场。不过仅这两次也足够使我明白，她称自己“购物狂”实在所言非虚。

露露小姐逛街无异于“洗劫”。一家店走进去，“啊啊这个好看！”“啊啊那个想要！”脚上还踩着两只不同的鞋子，手上就抱满了要买的衣服。她把卧室的一整面墙掏成了鞋柜，里面密密麻麻地塞满了近百双鞋。从地板到天花板，恨不得再从墙壁缝里塞进楼上邻居家去。

我对逛街和时尚的漠然让她感到很不可思议。有一次她破天荒地戴了副黑框眼镜。我客气地赞了句“眼镜不错”，她便立马来了精神，滔滔不绝地介绍说这是哪个哪个设计师什么什么系列的作品。对时尚毫无鉴赏力的我只是心不在焉地回了个“噢”，露露小姐立刻警觉地问：“你听说过这位设计师吗？”

“没有。早跟你说过我不是购物狂啦……”

她瞪大眼睛：“一个人可以不是购物狂，但怎么可以不知道设计师呢？！”

“……”

后来她报了在北京的语言学校，夏天要到中国住一个多月。行程还没确定下来她就激动不已："啊啊我要在芬兰转机时买一只行李箱！我要带只空箱子去中国，再装得满满当当地拖回来！"

这股誓要买下一大箱中国物件的豪情没过多久就被现实泼了冷水。我给她预订在中国住的酒店，问她想要什么样的。露露小姐歪头想了想："反正我在以色列从没住过四星级以下的。"我挑了几家，告诉她价位，她瞪着我好一会儿才开口："……这也没比以色列便宜多少啊。人人都说中国便宜，这么看来，如果想要好东西，还是得付钱的。"

我笑她天真："当然啦，大小姐，希尔顿在全世界任何国家也不会是一美元就能随便住的啊。"

正如我希望她喜欢我的国家一样，露露小姐也想尽一切办法让我在以色列的日子过得愉快舒心。她刚开始学中文，知道写汉字像画画，平上去入[①]像唱歌，但是关于那个在亚欧大陆另一端的古老国度，她还知之甚少。即便如此，她也知道，有的东西在以色列很多，在中国很少。

注①平上去入：唐宋时期中古汉语的四声，是传统汉语音韵学的音系根源，掌握四种发音，阅读诗词，能够体会到汉语的博大精深和韵律之美。

我喜欢听她跟我讲她在军队服役的生活，讲她一口气拒绝了十二个男生的求爱，讲她在家居店打工的经历，讲她爱吃的不爱吃的一百种稀奇古怪的东西。

我唯独不喜欢听她跟我讲“自由”。

她大概模模糊糊地知道中国和以色列不一样，知道有些事我在以色列能做，回到中国就不能。但这些事具体是什么，她不大明白。这个从小在自由世界长大的年轻人对“自由”的定义就是“穿比基尼到海滩去晒太阳”。因此，从我到以色列的第一天起，她就极力怂恿我穿比基尼和她去海边玩。这在她看来是张扬个性、拥抱自由的最佳象征，而在我看来，她这种理解简直近于对“自由”的亵渎。

在我回国前的半个月，露露准备庆祝自己二十三岁的生日。安息日那天，露露全家请我到家里吃饭。饭后，大家坐在沙发上听十四岁的小妹弹琴唱歌。清亮的乐声中我听见露露和她妈妈有一搭没一搭地用英语聊天。

“露露，你想要什么生日礼物呢？”

“我没什么特别想要的……”露露小姐边说边往我这边飞小眼神，“我最大的心愿就是想看南戈穿比基尼。”

我闻言抬眼望去，看见她们母女俩也满眼期待地望着我——寄人篱下，还有什么好说的呢。我终于在回国前满足露露的心愿做了一回穿比基尼的自由的中国人。

（四）

回想起来，我的十八九岁填满了梅雨季阴湿发霉的日子。在南京念书两年，我对这座城市最深的记忆就是晚自习后山林暮霭沉沉的天。我憋着一口气在黑暗的甬道里踽踽独行，漫长的夜晚一度望不到尽头。曾在我深陷抑郁时给予我莫大鼓励的教授，没来得及看到我走出人生低谷就猝然长辞。直到双足踏上地中海潮湿的岩岸，似长时间在水下闭气得以上岸的人，我重返世界，终于又能呼吸。

地中海畔的特拉维夫似一场做不完的晴朗的梦。这座城市的快乐和时间一样漫长，夏天没有终点，天空蔚蓝如诗。云端与花朵簇拥着整座城市，一切都绚烂得让人想在此间醉生梦死。仿佛三月弥生，冰消雪融，铅灰色天幕下一夜间开满寂静温柔的春天。在地中海永不止息的浪潮里，我开始体味爱，学习爱。露露和她的家人是这种爱最初的起点，也是绵延至今的温浪。

我一直对露露无微不至的关怀既感温暖，又觉手足无措。这个善良热烈的以色列姑娘“蛮横”地挤进我的世界，我手忙脚乱地收拾，仍不及为她腾出空间。从来只需照顾自己的我突然有了另一个需要照顾的人，自觉可以处理一切的我突然多了一个兴致勃勃要为我打理一切的家。

回国后，我常常在夜里闭上眼睛就能听到地中海的涛声，露露小姐的嘘寒问暖也时常穿越欧亚大陆不期而至。地中海和她的朝露知道我好多墨蓝如夜的秘密，也曾陪伴我度过好多独坐海边不知所措的傍晚与黎明。

临行前去和地中海告别，问她会记得我吗。

涛声知道所有的谜底，但沉静的地中海从不回答。

03 恋爱证明题

2013 年 11 月 5 日 特拉维夫

在中国，也许真的是“秀恩爱，死得快”；但在以色列，有时候恩爱是不得不秀的。

晚上和一个刚来以色列不久的中国学姐吃饭。学姐人很好，和她聊得特别开心。后来知道学姐是广东人，更觉“天下吃货是一家”可谓颠扑不破的真理。

学姐和美国男友相识于北京，异地恋两年后决定在以色列会合。犹太男友也离开美国，重新在以色列找了工作。学姐也放弃了在北京的工作，拿学生签证到以色列念希伯来语。学生签证不能工作，毕竟不是长久之计。万幸以色列还有一种情侣签证，发给那些跟以色列公民恋爱但尚未结婚，又需要在以色列工作、居留的人。学姐喜出望外，立刻着手申请。

开始申请了，才发现这绝不是填几张表格再跟内务部官员见面喝茶这么简单。递交材料、等待核查、预约见面，不论哪一个步骤稍有差池，申请通过的时间都有可能被无限延长，费上半年时间才拿到情侣签证的大有人在。

耗时间还算小事，最困难也最精彩的地方在于：恋爱关系如何能向内务部官员证明？

据说可以提供情侣双方自拍拖以来的来往邮件、通话记录、短信内容、甜蜜合照、父母和以色列朋友的旁证、两人共同的银行账户信息，等等。学姐和男友异地恋期间，往来邮件两百多封，夹杂着汉语拼音和希伯来文字母，不知内务部官员如何能在那些曲折复杂的符号中揪出甜蜜的证据？

有姑娘把自己和男友交往以来两人的Facebook（脸书）主页都打印出来，用上面的合照向内务部官员证明爱情。学姐也如法炮制，并抱歉道："如果你发现我又开始刷屏秀恩爱了，请一定谅解！那都是准备两个月后给内务部官员看的，变本加厉也是迫不得已，千万别嫌学姐烦！"

我由此想，学术能力有成绩证明，教学能力有证书证明，婚姻关系可以用结婚证证明，恋爱关系要证明可着实不易。我的美国室友已经和墨西哥男生在外面过夜了，不过她并不觉得自己和对方是恋爱关系。而我的中国朋友如胶似漆地网恋了三个月，却还没牵过手，她又应该拿什么来证明爱情呢？

时间太快，世界太匆忙，大家都来不及慢下来细致耐心地问你志趣特长为何，痛苦忧伤喜乐。在茫茫人海中，只有凭借各种证明来给陌生人分类，决定此后要不要投入时间继续交往。我们忙着给别人贴标签，急着为自己挣标签，我也总是多么惶恐又无奈地努力寻找各种证明以垫实自己脆弱的自尊啊。

我和学姐说，我真的好喜欢以色列。在这里的每一天都有幸运的事情发生。好多次就是这一秒在心里许愿，转眼心愿就变成现实。学姐说，那是因为你都在大学里转悠，成天跟学生、教授打交道。你试试自己去找房子、办银行卡、向内务部证明恋爱关系，很快就会改变想法啦。

我说，嘿嘿嘿，我也找房子呀，结果房子刚看完，学校就跟我说我可以住宿舍了；银行卡在学校办的，办卡的时候银行经理还请我吃蓝莓冰激凌；本来我也需要去内务部问签证延期的事情，结果还没去呢，学校就打电话让我不用去了，延期的事他们已经替我解决好啦；我在国内仰慕的教授，在校园里走着走着就能遇上；我的室友符合“小南戈国民好室友”的一切标准：英语老师、纽约土著、《欲望都市》脑残粉、有分寸、不打呼、善良美丽和蔼可亲。

真的觉得好幸运啊。虽然也有不开心的事情发生，但是已经非常知足啦。

每天饭后睡前都会诚心感谢犹太国！

04 你在着急什么呢？

刚到以色列时，每次去宿舍附近的超市购物，在收银台排队都是一种折磨。收银员女士无论老少都把指甲涂得鲜艳，鲜葱似的手指捡起物件，慢条斯理地验条码、刷卡、请顾客签单。条码验累了就停下来跟顾客聊天，或者转头和不远处的同事讲个笑话。看到前后左右的顾客都习以为常，似有等到海枯石烂的耐心，我只有借由深呼吸来拼命抑制内心不断涌起的烦躁。

在南大时，每次下晚自习去宿舍楼下的超市觅食，收银台前总排着长队。收银员一把抓过商品，道欢迎、验条码、打卡、撕电脑小票，一套流程走下来用不了五秒。一次我对埋头验货的女士说：“您食指上怎么缠了纱布？”她匆忙间抬头看我：“啊，前两天不小心骨折了。”我一句“保重”还没说完，就被后面的人潮推着离开。收银台前的队列沉默有序，但若谁的校园卡半天掏不出来，或者买了三四袋泡面、七八袋零食，不仅当事人多少会自觉抱歉，排在队列里的众位也难掩焦躁。

朋友从英国来以色列看我，在宿舍和我吃 Hummus（鹰嘴豆泥）。我吃完在桌边盯着盘子喝水发呆，朋友撕下一块 Pita（皮塔）面饼，边吃边问我：“你怎么吃得这样慌？我们待会儿有什么别的计划吗？”我听完愕然。一来根本没觉得自己吃得有多“慌”，二来自己受以色列人的“不良”影响，说话做事已经慢了许多，没想到这在英国还是算“慌”？

吃完晚饭和新加坡室友外出散步，和她聊起生活节奏。室友说，很多在以色列交换的新加坡学生都觉得，以色列学生过得真是太放松了。“我们只要稍微努力一点，很容易就可以考过他们”“和以色列人相比，新加坡人要拼命得多”“新加坡政府总是宣传，我们国家小，资源少，唯一拥有的资源就是人，所以大家一定要努力做工，国家才可以发展……因为政府一直这样宣传，所以新加坡人真的很拼命做工。周日也做工，节日也做工……”

我想到自己在中国时时刻刻感受着的也是这种“丝毫不能放松”。这种不知源于何处的紧迫感催着人到处找事做，恨不得把一天掰成两天过，没有一刻不着急。过日子着急——急着上课，急着自习，急着吃饭，急着做梦；过人生也着急——急着高考，急着读研，急着工作，急着结婚，急着生子，急着去死。一步都不能落后，一步都不能走错。

一次，我横冲直撞地在路上跑，朋友突然将我拦下来，问：“你在着急什么呢？”

如当头棒喝，我停下脚步，四顾茫然。

以色列朋友说起他的军旅生活，提到服役时有大把空闲时间可用来思考人生——自己的个性如何，兴趣如何，志向如何，未来打算如何。一次，我在图书馆借陌生人的银行卡打印资料，结果借卡给我的人碰巧去过中国。虽然他只在中国待过九个月，但中文说得漂亮极了。

“服役结束后，我不知道自己到底想干什么，于是就和女朋友商量去了中国，后来我们在那里分手了。”

我不禁失笑：“原来你不远万里跑去中国就是为了分手啊。”

他笑：“哈哈哈，当然不是，只是事情就这么发生了……我在中国对道教产生了很大的兴趣，回来后考大学就上了哲学系。”

我认识的很多在特拉维夫大学东亚系念中文的以色列学生都是半工半读，有的甚至同时打两份工。他们做保姆，做餐厅侍者，做接线生，在初创企业做调解员，还有一个女生甚至在当空姐。有一次我在本古里安机场登机，安检人员也是特拉维夫大学的在读学生。听说我也在特拉维夫大学念中东研究，她兴奋得不得了。平时要花十几分钟的开箱检查，那一次托“校友”的福，箱子都没开就直接给我贴了安检通过的小条。临走时姑娘还一个劲儿地嘱咐：“以后学习生活上遇到什么困难，尽管来找我！”

我在南大念俄语，知道学外语有多辛苦，一天学十一二个小时是常事。即便如此，也还是感觉事情做不完。以色列学生一边工作，一边学习，时间怎么分配得过来？

“确实分身乏术，但没有办法。特拉维夫太贵了，不能不工作。可是我很喜欢中文，所以不能不好好念书。”

听说东亚系原来有一个学中文的男生，一边念书，一边在航空公司做空少，经常下了飞机拖着行李来上课。因为体力不支，常常在课堂上睡过去。但因自学能力强，考试成绩非常优秀。这在我看来简直是不可想象的事情。

东亚系的课程并不轻松。半工半读，每日下班后筋疲力尽，却还要完成大量功课，如果没有兴趣和毅力支撑，很难想象他们如何能坚持下来。我遇到的所有东亚系念中文的学生，不管学得是否顺利，都非常喜欢自己的专业。这和我在南大的同学很有些不同。

大二下学期的一次外教课，俄罗斯外教问大家：“你们毕业后想做什么？会从事和俄语相关的工作吗？”同学们为了照顾外教情绪，都说自己想当俄语翻译、俄语教师，只有一个姑娘说：“我不知道自己以后想做什么，很可能也不会做和俄语相关的工作。”——其实这才是大实话。

在中国，大二时就有明确职业规划的学生恐怕不过半数，而且毕业后从事与专业不相干的工作的确是毕业生中普遍存在的情况。然而一向较真的外教却并没打算只把这个问题当作简单的口语训练，她严肃地说："那你现在为什么要学俄语呢？如果以后并不打算从事与俄语相关的工作，你现在所做的一切不都是在浪费时间吗？"教室里一片阒然。

我向来觉得勤奋刻苦是美好品质，但在勤奋刻苦之前，搞清楚勤奋刻苦为了什么，是与勤奋刻苦本身同样重要，甚至更为重要的事情。如果立志要做汉学家，那无论工作多晚多累，都会坚持把当日的功课做完；如果意识到中文是今后安家立命之根本，那无论有多少杂事缠身，都会坚持把学业作为首要考虑；如果想明白人生是要追求工作与生活的平衡，那无论任务有多重，安息日都会留出给家人和朋友的时间，在排得滴水不漏的日程表中晒进一点海滩的阳光。目标明确的求学之路，也许会少一些"是否在做无用功"的迷茫和日后发现走了不少弯路的痛苦。

可是，这点用于思考人生的"空想"时间，对中国人来说太奢侈了。或许是因为经济实力还不足以负担得起一两年无所事事的生活，大家常常来不及思考，来不及自省，来不及辨明目的就不得不被那股莫名的紧迫感催着上路。"走一步，看一步。走着走着就知道了，学着学着慢慢就明白了。最怕的是止步不前。"于是我走一步，又走一步，越走越快，越走越远，但"想去哪里"的答案并没有自动浮现，因为我从不曾花时间去“想”。

不知道自己今后想要什么，一种可能是因为“走得太急，来不及思考为何出发”，另一种可能则是因为人生经验的缺乏。没有吃过寿司和比萨，如何能在两者间选择？没有接触过任何一位哲学家的思想，如何能草率决定哲学是毕生志向？没有感动于俄罗斯风景的壮美及其文化的博大，如何能鲁莽地断言今后会为俄语事业奉献终身？而体验与思考一样，同样需要“无所事事”的时间。不断尝试，做接线生，做调解员，做空姐、空少，在实际生活中通过接触社会、接触他人，明白自己擅长什么、喜欢什么，明白自己长处何在、劣势如何。这样的体验当然不会一帆风顺，也许试了好多份工作，最终却发现都不适合自己。但在这个过程中，至少知道了自己不喜欢什么，而这是与知道自己想要什么同样重要的事情。现在就趁早排除自己不感兴趣的领域，总比老了以后后悔误入歧途虚度一生要强。

我钦佩着急，赞美着急，但钦佩的是那种目标清晰的着急，赞美的是那种有张有弛的着急。

新加坡室友说，她在丹麦有过一段慢节奏的幸福生活，回到新加坡后，即使身边人依旧从早到晚只是“努力做工”，她也给自己定下周日只休息，不做工的规矩。“就算再忙，也应该留一点与自己独处的时间。

说起来，拼命做工又是为了什么呢？还不是为了求一份心安，一份幸福感吗？”“我真的很喜欢以色列安息日这个安排，回新加坡后肯定会很想念这里的安息日。你呢？”她转脸问我。

我说：“我会怀念在以色列的每一天，因为跟在南大时比，在这里的每一天都可谓安息日了。”

05 You deserve what you got

特拉维夫大学给国际交换生完全的选课自由，约有六十门英语授课的课程可选。在以色列交换的第一学期，我选了四门课：以色列史、中东近代史、哲学与艺术、西方文化的文学基础。哲学课和文学课上得比较艰难，因为觉得哲学老师讲不清楚，宁愿自己看，所以逃掉了好几次哲学课。即便如此，期中论文还拿了满分，此后更是眼高于顶，逃课逃得一发不可收拾。结果到期末要写论文，让“比较尼采和本雅明”，当即傻眼。在这里哪怕老师讲得没意思，不去亲自听课想蒙混过关还是有难度的。而且直到学期末给老师发邮件时才发现，我一直觉得讲课无聊的哲学老师居然是系主任,本科还是哈佛毕业的。如果不是因为我太愚钝，不懂欣赏的话，可能就是因为老师更善于著书立说，而非传道授业吧。

欣赏不了哲学老师，但两位历史教授我都特别喜欢。好爱我的中东史教授，上课特别能启发人，总是咆哮着让我们扮演各种角色：“如果你是纳赛尔你会怎么做？会怎么做？嗯？会怎么做？！”教授总是跟我们说：“如果一个学期后你走出这个课堂，什么都忘了的话，我希望你们记住的唯一一点——当有人告诉你某个历史事件只有一个原因或历史发展有什么特定规律的话，一定要保持警惕，因为历史变化是很多不同因素互相影响、互相作用的结果，充满未知与偶然。”

中东史教授超级帅，而且特别会挖苦人。班上的美国同学和德国同学都被他挖苦过，但每次我发言，哪怕就一个词，他都用那种小心翼翼的眼神和超级高调的语气表示赞赏，反而让我有点儿不适应。交流了一下，发现我阅读文献所花时间一般是我同学的两倍，虽然上课能听得八九不离十，但要跟我同学一样上课毫无压力地扯淡这个学期还做不到。基本就是那种很想回应教授对我的善意却有心无力的感觉。所以我感觉我上课发言不积极老师肯定失望的，昨天论文拿了 98 分真是没想到。当时很沮丧，觉得教授为了鼓励我都做到这个份儿上了还蛮让我感到羞耻的。放学时，我走到教学楼门口又折回教室去问教授："你是认真的吗？我觉得我的论文不值这个分。"教授说："我的每一分都不是白给的。You deserve what you got.（这分数是你应得的）"呜呜呜……真是给我勇气，一辈子都会记得这两句话的。

（不过我今天想了想，又觉得开心了。这说明我同学虽然能讲，但讲的都是废话。我虽然讲得不多，但字字珠玑，哇哈哈。希望以后中东史教授天天挖苦我，嘿嘿。）

以色列史教授我也特别喜欢。老头儿对我的幼稚问题摇摇头，说："研究历史并不能帮助我们预测未来，你太贪心，问过头了。"

"那研究历史的意义何在呢？"

“研究历史能帮助我们澄清对过去的误解，也许可以帮助我们更好地理解自身现时的处境，还会让我们意识到人类自身的局限。”

意识到人类自身的局限。这话说得多妙啊。

人类也是有局限的。

一直以来我都觉得，人生只要努力就会有收获。如果努力了，却无功而返，那只能是因为自己努力得还不够。我为此曾对自己相当严苛，毫不宽容。然而一个学期的历史课上下来，我只觉得历史充满突变与偶然，有太多可以改变命运轨迹的因素，人力只不过是其中之一，也许连最主要的都算不上。但这并非是人怠惰懒散的理由，只不过在竭尽全力却还是劳而无获时，也许应该多少给自己一点宽容。“尽人力，听天命”，如此而已。

人们会毫无理性地相信一些并非事实的信念，然后根据这些信念决定自己的行为。基于错误信念的行动当然只会得到南辕北辙的结果，但没有达到预期效果并不能证明人们的虚伪。他们是真心相信，哪怕相信的并非事实。后人所要做的不是凭借既知历史结局的优势批判前人，而是要设身处地尽力理解他们当时的处境，以及他们不得已为之的苦衷。唯其如此，才能真正体会历史是如何在左冲右撞中发展，而人类又是如何因自身的局限在历史洪流中体现出微茫与伟大。

两个历史教授我都爱得要死，他们真心让我觉得学历史能让人变聪明。而且自己看文献时觉得很没趣的东西，他们上课时都能用神吐槽的方式讲出来。哎，怎么能这么厉害的啊。

这学期选的四门课，两门历史，一门哲学，一门文学。文学真的好难读，中文都难读，英文就更别提了。我觉得我可能真是没有文学鉴赏的天赋，明天要上卡夫卡，不知道教授会怎么讲。我觉得要是家里人突然变成了虫子，我也会是他爹娘那种惊恐的反应啊，而且他们一直也不知道那只虫子还有人的思想嘛……文学教授讲他女儿现在六岁，每天早上跟他一起诵读《奥德赛》，真是深深体会到了什么叫作“输在起跑线上”。

06 苏菲小姐

苏菲小姐是我的哲学老师。在以色列交换的第二学期跟她上了笛卡尔《第一哲学沉思集》的导读课。

苏菲小姐并不真叫苏菲。之所以这样叫她，是因为第一次见面她就让我想起《苏菲的世界》里那个对一切充满好奇的小女孩。《苏菲的世界》是很多人的哲学启蒙书，我在高一的时候读过。可是直到今天，我也仍然不懂哲学，更不懂哲学家。有一次聊天我没憋住，跟教授吐槽说："你们这些哲学家大概连感受情绪的器官都与常人不同吧？"

但我第一次见到苏菲小姐时，只觉得她如此浪漫。

由于开学第一周时我还在美国，错过了最初的两堂课。第三次课我去时才发现已经迟到了。以色列大学的上下课时间与课表标注的会相差十五分钟，也就是说，上课时间会比课表晚十五分钟，下课比课表早十五分钟。课表上写明哲学课下午六点开始，我便照例按六点十五的上课时间前往。大约是苏菲小姐前两次上课时已嘱咐过这课六点准时开始，到了才发现，小小的教室早已塞满学生，座位全无。看看讲得正入神的老师，再看看连站的地方都不剩的教室，我在门外徘徊再三，最后决定逃掉这次课。教室的落地窗装的是那种只能从外向内看，里面却看不到外面的玻璃，我于是放心大胆地站在窗外，细细地打量起这位哲学老师。

这一看就让我想起了苏菲。我不知道那本书里的苏菲是什么样的，但眼前的这位老师就是我心中的苏菲。披肩的黑色中长发，黑色的眼线和长睫毛，肤色白皙，双唇艳红，眸光清亮，身材瘦小。暮色在窗玻璃上的反光将她的身影衬得影影绰绰，整个人似要流动起来。

第四次课我早早来到教室，和旁边的美国女生聊天，问她老师是不是法国人。

“她就是以色列人。你为什么会觉得她是法国人呢？因为她教笛卡尔？”

“倒不是因为这个原因，只是觉得她好美。”

美国姑娘耸耸肩，不置可否。而我则不需要多久就会明白，苏菲小姐和浪漫绝不相干。

因为错过了三次课，课后我去向苏菲小姐解释，问她有无可能给我大致概括下之前上课的内容。苏菲小姐边整理教案，边对我说：“这我没办法帮你，你得管同学要笔记去。”我跟着她往外走，对她表示用英语学哲学怕学不好的担忧。苏菲小姐扬起眉毛：“英语也不是我的母语，但我现在还不是在用英语教哲学吗？首先，语言水平不会作为我给论文评分的标准；其次，正是因为能力不足才需要念大学呀。”说着苏菲小姐停下脚步，拿出手机，我明白这是示意我谈话到此为止，于是便向她道别，灰溜溜地走了。

也许苏菲小姐是浪漫的，只不过她的浪漫我们不明白。

听同学说，苏菲小姐第一次上课就直言自己很爱笛卡尔。也正因为笛卡尔是她最爱的哲学家，她才决定要开这门导读课。爱一个存在于故纸堆中未曾谋面的老男人，听上去浪漫又惊悚。在一学期二十多次课中，她则用实际行动向我们展示了哲学家的爱可以多么偏执和疯狂。

虽然之前有读不懂的担心，但上课后却发现作为哲学系入门级别的《第一哲学沉思集》其实并不算难。从致信开始，苏菲小姐带着我们一章一章往下读。上课时先请同学读一段，或只读两三句，然后停下来问大家：“笛卡尔这里说的是什么意思？”说的什么意思？很简单啊，就是他字面说的意思呗，难道要我们把笛卡尔的话再念一遍？最初大家都摸不着头脑，自告奋勇替笛卡尔“翻译”的人寥寥无几，后来渐渐明白，她这是力图让学生用自己的话解释原文。于是大家开始试着自己阐释文本，并在苏菲小姐的帮助下不断修正，二十个人的导读课就这样以讨论课的形式进行着。

苏菲小姐一直鼓励大家道，这门课与其说是讲座，不如说更像讨论。笛卡尔写作《第一哲学沉思集》时把自己设定为哲学初学者，希望通过这种与自我对话的方式启发读者进行最初的思维训练，所以各位同学一定要积极参与，说出自己的想法。这一下给大家减轻了很多负担，阐释时偶尔会出现对笛卡尔写作意图天马行空的猜想。苏菲小姐虽然非常鼓励大家提出自己的见解，但常常会在同学给出解释后不满地撇撇嘴角："你的想法很有意思，但笛卡尔的本意却并非如此。"同学手舞足蹈地要给自己的猜想正名，苏菲小姐提高声音断然制止："也许你是对的，但笛卡尔在这里说的是另一回事！"对于"笛卡尔这里说的是什么意思"这一经典问题，我们的经典回答则是庄严的沉默。好不容易有人怯怯举手作答，苏菲小姐在称赞同学勇气可嘉后总会强调："答案很简单，答案就在文本中。你的答案从哪句话来的？有文本根据吗？"同学弱弱地援引文本作为支持，苏菲小姐得意一笑："你再读读看，笛卡尔要说的真是你以为的那个意思吗？"

上课不到一个月，苏菲小姐"笛卡尔疯狂女卫士"的绰号就在同学间传开了。每次在她歇斯底里地叫完"笛卡尔说的不是你那个意思"后，同学们都互相交换眼色，使劲憋住笑，不忍叫醒入戏太深的苏菲小姐。

苏菲小姐醉心于笛卡尔的论证，也醉心于自己的才华。

有一次课前，同学把手机放到讲台上充电，苏菲小姐见状满意地说：“啊，你是要录下我的声音吗？”德国女生红着脸嗫嚅道：“我只是想充电……”苏菲小姐若有所思：“唔，我还以为你想录下我讲课的内容呢……不过要是你坚持想录的话，我也不会反对的。”

《第一个沉思》中笛卡尔举出了梦境一例，以检测到底哪些知识是哪怕我们做梦时也可以确信无疑的。讨论到颜色是否能经受住这一“考验”，苏菲小姐解释道，从文本来看，笛卡尔的答案是否定的，因为在笛卡尔看来，颜色并非事物的本质，而是产生于物体和接受者之间的互动。如果物体存在与否不能确证，依赖于物体而产生的颜色也必须被怀疑。不过，苏菲小姐继续道，在希伯来语中，“颜色”一词既可以表示这种产生于物体和接受者间互动的外延，也可以表示属于物体本质的一种属性。不知道其他语言中“颜色”是否有指称事物本质的含义呢？班上没有会说法语的同学，苏菲小姐想了想，说：“我记得德语中‘颜色’一词也是既可表示外延，也能指称事物本质的。”因为手机录音事件冒犯了苏菲小姐的德国女生积极表示赞成，苏菲小姐面露微笑，手抚胸口：“啊！真不敢相信我居然还记得自己在德语课上学到的内容！”德国女生盛赞道：“是的，你真的很棒！”苏菲小姐听罢，双颊飞上两朵红云。

有一次上课时，教学楼的报警器突然大作，声音尖锐刺耳，持续了十余分钟仍未停歇。受不了这种干扰，苏菲小姐提议大家到教学楼外的草坪去上课。大家自由的灵魂得到解放，欢呼雀跃地向外走。彼时，夕阳西下，晚风清凉，霞光在天边寂静燃烧。同学们在翠绿的草坪上围坐，等着苏菲小姐开讲哲学。这一幕让我想起民国时期刘文典在十五的皓洁月光下讲授《月赋》的场景，心下深受感动，眼里几乎要涌上泪来——这才是大学！苏菲小姐显然不知我关于民国的遐思，也不在乎刘文典的月亮，她心中只有笛卡尔的上帝。面对草坪上想入非非，甚至开始抽烟的同学，苏菲小姐打开教案，正色道："云朵，小鸟，天空，啊，自由的灵魂！请容许我提醒诸位，我们只剩一个小时了，而笛卡尔的上帝还没有证出来。"

大家的哲学讨论渐入佳境，苏菲小姐也好几次在课上对同学们说："真希望我可以光凭你这句阐释就给你满分！"有一次我提出一种驳倒笛卡尔论证的想法，苏菲小姐双眼发亮："喔，很棒！大卫·休谟（苏格兰哲学家、经济学家和历史学家，苏格兰启蒙运动以及西方哲学历史中最重要的人物之一）就会这么反驳。你读过大卫·休谟吗？还是自己想出来的？"

苏菲小姐在批改论文时也毫不吝惜自己的赞美。虽然大家都更关心自己的分数，但她还是会花大半节课的时间强调论文规范、强调哲学天赋并不能简单地用分数来评判。苏菲小姐曾经用半个小时反复强调，“我很多论文写得好的学生最后哲学都念不下去，他们虽然是好学生，但他们要说的没什么新意。所以，论文拿满分和你能不能学好哲学基本是不相干的”。

一学期的时间，我们讲完了三个沉思，剩下的三个沉思留作了期末论文。在最后一节课上，苏菲小姐难得直抒胸臆，向大家作了告别演讲。

她说，希望你们在我的课堂上曾经体会到——哪怕只是偶尔几次——所谓高远艰深的哲学问题与我们的生命是如此息息相关，那些看似远在天边的沉思与我们人之为人的本质是如此紧密相连。

她说，做哲学有很多种方式，我们在这个课堂上体验的只是其中一种。我并非笛卡尔主义者，本身对笛卡尔也有很多批评，但我希望你们在阅读《第一哲学沉思集》的过程中，起码获得了一些学术阅读及写作的训练，明白应该如何提问题、答问题。

她说，我希望你们在这堂课上多少体会到做哲学的滋味是怎样的。虽然我可以很肯定地说，对你们中的许多人而言，这会是你们人生中最后一堂哲学课。你们走出这个课堂，决定跟哲学告别，要去找工作，要去挣大钱，别人问起你对哲学的看法，你支吾半天，宁可避而不谈——

这些都再正常不过了。我认为，在本科阶段，找到自己的兴趣所在固然重要，但明白自己对什么不感兴趣同样有其价值。尽管如此，我还是希望你们中的另一些人，能把这堂课作为自己哲学生涯的起点，希望你们能把在这堂课上的收获运用到今后的学习研究中，在哲学这条道路上继续走下去。

她说，由于一些个人原因，这学期我非常繁忙。如果你们留心的话，就会注意到每周二我都提着大包小包匆匆赶来上课。但我要感谢你们，让我有机会从各种冗杂的事务中抽身，一周能有那么几个小时，不再被生活的琐事所缠，能专心地同你们坐在一起，和笛卡尔对谈。感谢你们的付出，也感谢你们有时候不依不饶的坚持和追问。正是这些追问，使得我在教授这门导读课约有十次之后，还能有机会从新的角度审视这个文本，重新反思我对笛卡尔的理解。最后，我要祝你们每一个人在人生道路上都好运相伴，无论选择哲学与否，都祝福你们能如愿以偿。期末考试临近，希望各位不要嗑药，好好复习。祝你们拥有最美好的夏天。

这些老生常谈的话我已听过好多。但每一次听到，仍深受感动，那天差点儿就在课堂上落下泪来。苏菲小姐对我这种夸张的多愁善感怕是无动于衷的。也罢，记忆里留存有一个喋喋不休的老头儿和他永远只穿黑衣服的女卫士已足够。每次想到他们，我就会想到那个苏菲的世界，智慧的世界。世间熙攘，是苏菲小姐在我心里占据了圣洁的一角，让初涉世事的我有一个不那么世俗的开始。

07 咖啡豆的好奇与孤独
——访艾瑞卡·兰道（Erika Landau）儿童创造力训练中心

乔治·维斯博士大街（St.Dr.George Wise）的一侧是特拉维夫大学的研究生宿舍，另一侧则是爬满藤蔓的护栏。每次途经此处，我都被护栏上盛放的橙色花朵所吸引，却从未注意到原来这堵靓丽“花墙”的背后还别有洞天。直到我的老板把车开到了“墙”的另一边时，我还以为她把车停在了一堆垃圾中间。

可是，这些远道而来要我帮忙翻译的中国商人并非是来看垃圾，而是要寻天才的。

护栏后的狭小院落里，是成立于1969年的“艾瑞卡·兰道儿童创造力训练中心”。迄今为止已有逾四万名所谓“gifted children”（天才儿童）在这里接受过创造力训练，其中包括以色列前教育部长、现任内务部长的GideonSa'ar（吉迪恩·萨亚尔）。年龄介于5至9岁之间的孩子，如果在学期初的智力和情绪能力测试中达到一定标准，就有机会进入这里接受创造力训练。艾瑞卡·兰道是大屠杀幸存者，在集中营里度过了童年。4年前，当她决定要为这些智力超群的儿童提供创造力训练时，没有人支持她的选择。1969年，这个刚从废墟中挣扎起来的国家所拥有的资源还很有限，政府考虑得更多的是如何将教育资源分配给家境贫寒、有学习障碍的儿童，而非这些生来就已经比常人获得了更多天赋的孩子。

“他们还需要什么呢？他们拥有的已经比别人多得多了。”

艾瑞卡却意识到，这些智力较高的孩子因为接受能力强，很容易就对课堂内容感到厌倦。如果智力未受到持续的挑战，他们无处释放的过剩精力很可能会使其成为捣蛋使坏的“问题儿童”，而他们本该得到更多引导和启发的天赋也会被白白浪费。对国家而言，这不能不说是一个巨大的损失。此外，这些总能在课堂上最快给出正确答案的孩子，往往有人际交往方面的障碍。他们意识到自己与别的孩子不同，却不知道该如何处理这种不同。有时他们是恶意的施加者，有时是恶意的承受者。为了让天赋得到应有的引导，也为了帮助这些有情绪障碍的儿童，艾瑞卡筚路蓝缕，成立了这所创造力训练中心。

什么是创造力？艾瑞卡认为这是一种能在不同学科知识间构建新联系的能力，是一种能从不同角度看待同一事物、针对同一问题可以给出不同答案的能力。

创造力为什么重要？因为它是艺术、科学，乃至生活中一切领域获得进步的基础，是从优秀到卓越的关键。每个人生来都在某种程度上具备创造力，但这种创造力应该如何开发和锻炼呢？训练中心的负责人

Merav（梅拉芙）女士给我举了一个关于咖啡的例子。

“我在课堂上总是向孩子们提问。譬如我会问他们‘咖啡是一项创造还是一个发现？’”

我回答说：“明白咖啡豆无毒，可食用，是一个发现；但知道将它磨碎，煮熟，做成饮品，则是一项创造。”

“很棒！”

听到梅拉芙的赞扬，我不禁暗喜，心想自己果然也有点成为天才的潜质。没想到她继续往下说，“哪怕你回答是创造也是对的，如果你认为这是一个发现，也同样正确。”

“哈？”刚聚集起来的成就感顿时烟消云散。

“因为不论是创造还是发现，你都能给出合理的解释啊。在课堂上，还有孩子会问创造是什么意思。于是我就会让别的孩子解释,什么是创造。

“接着我会给孩子们讲述咖啡豆是怎样被发现的。传说最早发现咖啡豆的是埃塞俄比亚人。埃塞俄比亚在哪里呢？我会拿出地图让孩子们指认。

“接着我问他们，你们见过埃塞俄比亚人吗？很多孩子会说，见过呀，我班上就有同学是埃塞俄比亚来的，我的邻居就是埃塞俄比亚移民。

“为什么以色列会有埃塞俄比亚人？孩子们都知道，因为他们是犹太人，所以可以到以色列生活。

“埃塞俄比亚怎么会有犹太人呢？他们跟我们一样吗？你的皮肤是白色的，而你的埃塞俄比亚同学是黑色的，他们哪里跟我们一样呢？

“在以色列一些学校，埃塞俄比亚孩子被单独分在一个班，不与其他白皮肤的犹太人同班，我会问孩子，你们对这个事怎么看？

“从咖啡出发，我们已经了解到同一个问题可以有三种答案，而且三种都是对的。我们还谈到了历史传说，学习了地理，讲到了以色列政治，提及了种族。这大概就过去了 45 分钟。接下来的 45 分钟里，我会给每个孩子发一张纸板，然后在上面点些胶水，让他们用手把胶水推开，直至铺满整张纸板。现在的孩子都被惯坏了，他们只想摸键盘，玩鼠标，不想弄胶水把手搞脏。可是不行，你必须得做。于是他们就老老实实地推胶水。推好后，我给他们每人发一小罐咖啡粉，让他们把咖啡粉倒在纸板上,闻。然后我让每个人用另一种自己熟悉的东西来形容咖啡的味道。最后我会让孩子们用咖啡粉作画，画出这节课上他们印象最深的东西。

有的小朋友会画咖啡杯，有的会画埃塞俄比亚地图，还有的会画飞机（20世纪90年代初，以色列曾出动飞机将埃塞俄比亚犹太人接回以色列）。这样做的目的是尽可能多地调动起孩子的各种感官，因为只有那些通过结合情绪和智力所学来的知识是永远不会忘的。”

中心创始人艾瑞卡在2013年过世后，梅拉芙承袭其衣钵，在这排堪称陋室的平房里继续着艾瑞卡开创的事业。关于咖啡的话题是“创造性思考”这门课上的内容。“创造性思考”是每个进入该中心学习的孩子要上的第一门也是唯一一门必修课。此后，他们可以从中心提供的70余门课程中按自己的兴趣自由选择。这些课程从物理、化学、生物到戏剧、电影、建筑，不一而足。

我旁听过另一堂科学课。授课人是在有“以色列的麻省理工”之称的海法理工任教的应用数学教授。一上课，教授不讲数学公式，而是先给每人发了一张白纸，然后拿出白、黑、红、黄、蓝几种颜料，让大家徒手作画，目的是通过不同颜色的混合，尽可能多地创造出新的颜色。大家把双手搞得五彩斑斓地创作了半天后，教授拿着同学们的作品开始类比发散：几种基本的颜色可以混合出其他颜色，七个基本乐音能组成千变万化的旋律，10个基本数字能构成无穷无尽的数值，26个字母能拼成成千上万的单词……反过来，世上万物都能被分割成构成它们的基本“元素”，古希腊语中tom表示“分割”，a代表“否定”，atom就表示“不能再被分割的元素”，亦即原子。但我们刚刚不是才说过世上万物都能被分割吗？原子不属于万物吗？能不能被继续分割呢？就这样，在 45 分钟的时间里，这些五、六岁的孩子就获得了对原子的最初概念，并且在心里留下了“原子是否还能再被分割”的疑问，留待他们进一步探索。对于五、六岁的孩子而言，这可谓一个了不起的成就。

艾瑞卡女士认为，知识是无尽的，而人吸收、记忆知识的能力却是有限的，因而人不可能将世上的所有知识都像填鸭一样全塞进脑子里。教师能做的，只能是教会学生获取新知的方法。什么样的方法呢？提问题、倾听他人、与其他学科对比，是一种方式，而更根本的则是要将智力和情绪相结合。大脑作为思考的器官是会衰老的，当我们老去，记忆力下降，之前学过的很多内容也会逐渐被忘记。然而我们的心灵不是器官，也不会衰老，当我们老去时，我们仍能感知喜悦与痛苦，会笑，会哭。艾瑞卡•兰道中心的老师们相信，体验式教学是最有效的学习新知、培养创造力的方式，一切知识在这里都必须通过亲手实践、亲身体验来获得。

每学期有 700 余名孩子到中心接受培训，每周一至两次，每次一个半小时。艾瑞卡建立中心的初衷并非是要与常规教育体系竞争。相反，她认为学校的教育至关重要。这也是中心的所有课程都从下午 4 点半、学校放学后开始的原因。虽然为了获得入学资格，孩子们需要通过由专业测评机构提供的智力和情绪测试，但是在训练中心不会有任何考试或排名，“因为创造力是没有对错，没法比较，无法排名的”。那么如何评价教学成果呢？从孩子对课程不减反增的兴趣，从他们步入社会后在各领域的杰出成就，从历届“校友”想把自己的孩子又送到中心学习的意愿中，老师们愈发深信，自己所从事的是一项意义深远的事业。

这个国家最聪慧的一些稚嫩心灵就在这七八间简陋的平房里接受着最初的创造力训练，并从此走向与众不同的、更广阔的人生。每念及此，我都不禁为这之间强烈的反差唏嘘不已。在只有桌椅、黑板、十平米见方的房间里，孩子们用手机的闪光灯模拟摩尔斯电码，争相破译对方的密电；在堆满建筑材料的教室里，孩子们用纸板拼接着金字塔，从丰乳肥臀的女子泥塑中体会远古社会的生殖图腾；在老师“贡献”出自己宠物的课堂上，孩子们学习着哺乳动物的奥秘，讨论着素食主义的话题。

不过，智识的开发并非是中心的唯一宗旨。自中心成立以来，艾瑞卡就将大量精力放在情绪研究方面，思考如何能通过积极引导，使这些智商超群的儿童能够自由地施展才华，同时学会尊重与聆听他人，意识到自己所肩负的社会责任。

很多在此学习的孩子是被忧心忡忡的家长送来的。他们或是在学校调皮捣蛋，让老师不胜其烦；或是因与同学相处不洽，遭到排挤和冷遇；或是因严重缺乏自信，即使知道正确答案也几乎不敢在课堂上举手发言。

在训练中心，心理专家会随时介入课堂，对学生进行引导；家长也被鼓励与心理专家沟通，以期共同解决孩子面临的心理问题。我去的那天，训练中心的心理咨询室刚刚布置好，七八平米见方的小房间里倒挂着中国商人当作礼物赠送的《清明上河图》。

在这里，因为每个人的答案都是正确的，所以你必须学会尊重与聆听；因为每个人的作品都有闪光之处，所以你必须学会赞美与欣赏；因为每个人的想法和情绪都得到充分关注和尊重，所以孩子们在接受智力挑战的同时也在逐渐克服之前的羞怯与恐惧。

有天赋的孩子在成长中遇到的主要问题是什么？艾瑞卡认为，首先是他们周围的环境对其天赋、能力和志趣的漠然。这些孩子被期待成为他们“应该”成为，而不是本性使他们“能够”成为的样子。事实上，他们真正能做的比社会期望他们应该做的要多得多。“光有高智商并不称其为天才”。来到训练中心的孩子们虽然智力超群，但还远不是艾瑞卡女士眼中的“天才”。对艾瑞卡而言，天才意味着智力、情绪成熟度、社会融入度和创造力这四者间的良性互动，只有当其个性各个方面的潜能都被挑战激发后，他的天赋才能得到充分的施展。

其次，这些有天赋的孩子在成长中比一般人更敏感、更易感到焦虑。“好似他们比别人少了一层皮肤。”这种焦虑在战时或常有恐怖袭击发生的地区会表现得更明显。他们清楚地意识到危险，但并不理解这意味着什么。很多家长试图让他们避开危险，避谈正在发生的事情，然而情绪是需要疏导的，这些孩子需要的不是回避，而是将自己的焦虑诉诸言语的机会，他们需要被告知正在发生的一切到底是怎么回事，以及明白他们的父母究竟是如何处理这一切的。

“1973 年 6 月，我们对孩子进行了入学资格测试。当年 10 月，赎罪日战争爆发。11 月，我们再次对这些孩子进行了测试，发现他们的得分比之前要高，尤其在创造力和语言能力方面分数提高更加明显。他们的警觉和焦虑促使他们阅读更多的报纸、听收音机、看电视、提更多的问题——这绝非意味着我们应该有更多战争或恐怖袭击。1991 年海湾战争期间，因为担心伊拉克‘飞毛腿’导弹的袭击，以色列，尤其是特拉维夫的很多学校都停课了。很多家庭在空袭警报拉响期间待在室内，闭门不出。在复课的第一天，我问一个 9 岁的男孩，停课期间他害不害怕。他回答说：‘在战争期间我并没有觉得特别害怕，那时我一直和爸妈待在一起，我们谈论正在发生的一切。我们全家都在一起，所以我感觉并没有那么糟。’”

在一次访谈中，艾瑞卡谈及自己创立这所创造力训练中心的初衷。

“在集中营时，我们的营房里有一位年迈独身的艺术史学者。他没带多少御寒的衣物，但是带了很多文艺复兴时期的画作的复制品。每天夜里，在昏暗的灯光下，他向我介绍Sandro Botticelli（桑德罗·波提切利）和许多别的画家，回答我无穷无尽的问题。在讲到波提切利的那幅《朱迪恩与霍洛芬斯之颅》时，他对我说，‘艾瑞卡，你瞧，过去也有很多犹太姑娘遭受折磨和苦难，但最终她们都活下来了’。这位艺术史学者在我们被关进集中营的第一个冬天逝世了，但他的话语给我带来的力量却最终支撑我熬过了在集中营的四年时光。很多年后，在佛罗伦萨的Uffizzi（乌菲兹）美术馆，我站在那幅画前许诺自己，要去帮助那些总是充满好奇的孩子，通过挑战他们的才能鼓励他们不断去思考，去作为，去和他们内心的自己以及他们周围的世界沟通。”

七十年前，一个女孩的问题在集中营里得到回应；七十年后，她向更多好奇而孤独的心灵张开了怀抱。

在训练中心，孩子们一直被鼓励去提问，去质疑，去给出自己的答案，去自主选择。四十五年来，成千上万的孩子从这里迈向漫长的人生，却又在此后一次次回来，为中心捐款，或成为教师，或是将自己的孩子送来接受同样的教育。四十五年后，当初嘲笑艾瑞卡为天才儿童提供额外训练的人们也渐渐改变了观点。以色列政府开始在全国范围内对二、三年级的小学生进行相关测试，从中挑选出超常儿童，并为其提供免费的额外训练项目。

与众不同是一种天赋，而如何发挥这种天赋，将其运用于创造，则需要持续不断地接受智识上的挑战和情绪上的鼓励。

十五年前，如今已成为训练中心负责人的梅拉芙还是一个因教育理念“不合常规”而得不到认可的教师。艾瑞卡听说了她的故事后却双眼一亮：“你的想法不合常规？太棒了，到我这里来做老师吧！我们最欢迎与众不同！”

08 新房客

2014 年 1 月 13 日 特拉维夫

刚才我又刷了我妈的信用卡，感觉很不好。我现在身上只有丁零当啷十几个硬币了。上星期开始记账，发现虽然我带学生，但是每周是入不敷出的。

每天在家里跟新室友哭穷。新室友是以色列妹子，学建筑，因为不肯跟穆斯林男友分手被家里“扫地出门”。同是身无分文妹，相逢只有抱头哭。但是昨天她找到工作了。晚上吃饭时他们市长给她打电话，她摁了静音没接。真是吓尿。她之前在市长的竞选团队里做公关，月薪一万谢克（约等于人民币一万七）。昨天她在商场里找的售货员的工作月薪四千。我问她干吗不继续帮市长竞选，她说那个男的只在需要我时才给我打电话，我被家里扫地出门无处可去时给他去电求帮忙他从来不接。

然后我很没有骨气地问她，你觉得你们市长会要我吗？我只要五千谢克！

我：现在主要问题是我拿的学生签证不允许工作。

室友：So what？那么多菲律宾人、黑人在这边没有工作签证还不是照样做工的？

我：那我能做什么呢……我上次做翻译的那家寿司店老板貌似还不错，说不定可以问问他需不需要厨房帮手。可是我不会做寿司啊。

室友：So what？学啊！

（感觉在一步步被室友推向打黑工的道路……）

室友除了英语不大好，其他方面简直堪称完美。尤其是她特别喜欢做菜。搬进来还不到一周，已经给我做了寿司、shakshuka（西红柿炒蛋）、奶酪蛋糕、鹅肉意面和捷克炸花菜。昨天晚上聊天，谈到以色列贫富差距太大。室友表示她最崇拜卡尔·马克思。我表示不以为然，并且知道她英语不好故意把她激得抓狂。

室友：明天我去给你买马克思的英文著作，你读完了以后可以去我家跟我爸讨论。

我：你不是被你爹妈赶出家门了吗？而且你爸说英文吗？

室友：我爸不说英文，但是我爸有俄罗斯出版的所有马克思的著作。你不是会俄语吗？你去跟我爸用俄语聊。

我：你真是想太多……我俄语哪里到那个水平。

室友：那你俄语是什么水平？

我：……我俄语大概跟你英语是一个水平吧。

室友：哇哈哈哈，那你对俄语根本就是一无所知！

我：……

向学校申请交换延期成功，可以在以色列再多待半年，这两天准备去内政部续签。留学生中流传着不少有关签证官的可怕传说。我直接认识的被她骂哭的留学生就有两位。跟她打过交道的以色列朋友也喊头疼。

申请到了二月去哈佛参加国际关系年会的名额，预约了下周去美国大使馆面签。上次路过美国大使馆发现安检好严，不像中国大使馆，一贯的低调。

虽然想到签证官就发怵，再想到大四回国一学期要上两学期的专业课就想哭，但其实真的已经很幸运了。不管是之前申请延期，还是最近换护照，虽然每次都担心得要死，但至少都还有能帮忙的朋友，而且最后都没有走关系，是靠自己办下来的。想想都觉得很感激。

09 中文系二三事

特拉维夫大学中文系的学生未必比我俄语系的同学勤奋刻苦，但他们对中文和中国文化是真感兴趣。作为俄语系的学生，我很好奇外国同龄人如何学外语，他们也喜欢和我聊中国。在同这些以色列学生的交往中，我常被他们启发，也得知了好些中文系教授的八卦。比照以色列人学习中文的痛苦和学生对教授的揶揄，想到自己在俄语系“摸爬滚打”的种种，不禁感慨：天下语言人都是一家。

（一）

去以色列前，我以为以色列全国禁食猪肉，在以色列人面前提猪是大不敬。到以色列后才发现，不少世俗犹太人并不恪守犹太教饮食戒律。虽然大部分超市都不售卖猪肉，但若真想吃，不费多少力气还是能在俄罗斯人经营的超市里买到。很多去过中国的中文系学生，在中国尝试了猪肉和诸多不符合犹太教饮食戒律的食物后觉得回味无穷。这些以色列吃货经常跑来找我，把自己在中国拍的食物照片给我看，让我按图索骥帮他们找食谱——“如果能再吃一口这道菜，我就死而无憾了！”

后来打包行李准备回国时，我暗自期待以色列人的挽留。结果他们个个跑来艳羡地说："呜呜呜，能不能把我也打包进去？我想跟你一起去中国！我要去吃鱼香茄子、牛肉饺子、小笼包子和豆腐肠粉！"

对于不怎么了解中国的以色列人而言，"中国"也许只意味着中餐，但对于去过中国的中文系学生而言，那个遥远的东方国度的意蕴远比几个小笼包丰富得多。

光明小姐是我的学生，每周找我上一次中文课。她去过中国两次，第一次折了腿，第二次坏了胃。但说起自己在中国的经历，姑娘脸上总是洋溢着喜悦。每次给我看她在中国的照片时，她都禁不住要去拥抱电脑屏幕——"你看你看，桂林真是太美了！""这是后海，噢！我爱死后海的酒吧了！""昆明，啊昆明是我心目中全中国最美丽的地方！"

光明小姐在中国时，常被人问及来自哪里。听闻姑娘来自以色列，对方无一例外都竖起大拇指："犹太人，聪明！很聪明！"起初，光明小姐只觉莫名其妙——怎么见面不到五分钟，中国人就知道我很聪明？后来她明白了，犹太人在中国的形象与其在欧洲的形象截然不同。在中国，"犹太人"就是精明、富有、勤勉的代名词。光明小姐决心要纠正中国人对犹太人的错误印象。此后再遇到对其竖大拇指的中国人，她就使出浑身解数，用蹩脚的中文竭力说服对方："犹太人并不都那么聪明。比如我，我就很蠢！"

光明小姐到底蠢不蠢我说不好，但刚开始给她上课时，我能感觉到这个姑娘在学习中文上确实不算聪明。也许是因为打工占用了太多时间以致其无暇顾及学业，每次她来找我时，该记的生词没记，该写的作业没写，学过的内容忘光，还总是提不起精神。我无数次苦口婆心地劝她务必在课文的每个汉字上都标上声调，学中文不学声调，以为自己能用希伯来语山寨中文吗？光明小姐摆摆手，不以为然："反正你们中国人聪明，无论怎样都能听懂的。"我使出浑身解数，用自己仅会的几个希伯来语词夹在英文里冲她发火："中国人也不都那么聪明。比如说ani（我）就meod tipsha（很蠢）！"光明小姐立刻把我抱住："噢，mami（亲爱的）！你才不蠢呢，你最聪明！"

后来我才知道，光明小姐提不起精神是因为跟男友分手了。这位小姐消沉了好长一段时间，有几次病歪歪地来上课，令人不忍。我问她想不想聊一聊，她揩了揩鼻涕，打开课本，坚定地说："不用，我没事，现在我要学中文。"再后来，光明小姐容光焕发地来上课，长裙飘飘，指甲油鲜艳，并且破天荒地第一次独立写完了作文。

"戈！我只告诉你，你不要告诉别人噢，我在跟一个男生约会！不过现在还没有正式确定关系，所以不想公开。"

没多久，光明小姐就和那位男生正式在一起了。他们邀我一起去听以色列前驻美大使 Michael Oren（迈克尔·欧伦）的演讲。路上两人卿卿我我，光明小姐大谈特谈中国有多么神奇，男生则在一旁微笑着注目，羡煞旁人。可惜好景不长，不到三个月，这段感情便走到终点。光明小姐心力交瘁，跟我说："今年再不要谈恋爱了。我已经筋疲力尽，只想好好学中文。"

我对这句感人的起誓将信将疑。果然期末考试前，光明小姐哭丧着脸来找我："戈，我最近打工好忙，政治学专业的课程也要考试，两周后我要交一篇二十页的大论文，还有一场期末考，中文的期末考也要开始了，我必须得在考试前把欠的四篇作文写完。我已经写了两篇，还剩下两篇实在不想写了。我真的好累，脑子一团浆糊，前男友还像个小破孩在网上发他和新女友的照片刺激我，我真的是一点儿力气都没有了。"

我无奈地看着她："你对我说这些是希望我怎么做呢？"

她顿时目光如炬："你能不能帮我写掉剩下的两篇作文呀？"

我："你是勤勉聪明的犹太人！"

她："我又懒又蠢！"

我：“……”

虽然在我这儿，光明小姐得到的经常是“革命尚未成功，同学仍需努力”的评价，但她总能在别处为自己的中文水平找到自信。

一次我和她去参加以色列亚洲商会的晚宴，她消失了一会儿后跑来跟我说：“戈！刚才中国大使馆的某个人跟我说我的中文很棒！这都是因为你的帮助！”我一边夹菜，一边说：“他这么说不是因为我，而是因为中国人的礼节。”旁边一干人笑炸，光明小姐不可思议地瞪大眼睛，看着这个一向对她温言软语的中国姑娘：“天呐！以色列都把你毁成什么样了？！”最后我们发现，夸赞光明小姐中文好的“某个人”其实是菲律宾的。

光明小姐在学习中文这件事儿上常让我体会到我的俄语老师们面对顽愚不化的学生时的无奈，但她的生活智慧却屡屡给予我启发。

有一次她穿了件 D&G 的外套，刚见面就迫不及待地对我说：“这是我在中国花 180 块钱买的山寨货！你看，简直仿得跟真的一样！”

光明小姐对山寨货的热情让我惊讶不已，她却以为我是被祖国高超的仿冒技术所震惊，于是继续得意地说：“老板一开始说这个衣服要卖

1800，我拿过计算器按了180。老板看了看，把数字改成了900。我接过来清零，继续按180。她又改成600，我仍然按了180。最后老板点点头，就卖给我了。”

这一次，我是真的被她的砍价技术震惊了，问她：“你怎么知道那衣服她180就愿意卖给你？”

“我跟你说，你想买一个东西之前，盯住它，自己心里好好考虑，愿意出多少钱买。如果老板愿意以这个价卖给你那皆大欢喜，如果不愿意的话你就走人。”

“不可惜吗？”

“不可惜。因为你自己心里面已经想清楚你愿意为这件东西付出多少代价。剩下的只是坚定自己，超过这个代价你就不要。反正总会遇到更好的东西，没什么是非要不可的。”

后来她和男友分手，我又想起这次对话。

分手后光明小姐消沉了几日，但很快就重新振作起来，每天打扮得美美地去上课：“我知道我不需要他也能过得很好。分手了当然伤心，但是世界那么大，说不定以后我在中国会遇到比他更成熟的男生。感情这种事，没什么人是不可替代的。我已经想明白了，他这种人也就只值得我悲伤三天，再多我就是真蠢了。”

我和光明小姐一起去 Lod（洛德镇）做志愿者，教当地的阿拉伯中学生。课余时间我和光明小姐聊起为什么以色列人这么能创新。

她说，一是被安全形势所迫，二是因为我们懒。因为懒，所以要想办法偷懒，因此以色列人总在挖空心思琢磨如何能少花时间精力达到同样的效果。以色列人喜欢不同的解决方案，总要挖空心思提出标新立异的观点。以色列人喜欢争辩，争到最后经常会跟你说：“其实我一开始就同意你的立场，只不过习惯性要反驳而已。”

我：“那你觉得中国人呢？”

她：“你们中国人比我们努力得多，但很多时候对‘为什么努力’却并不明确。你们比较擅长给定目标后去执行，却不大擅长找目标。而且你们喜欢同一种方法坚持到底，这跟我们老想尝试新方法很不一样。”

（二）

中文系学生学得不容易，听中文系老师上课却很有意思。

中文系有好多调皮的教授，我和以色列人在背后把他们的玩笑都开尽了。

刚到以色列时我去听了一次中文课。那天的课文题为《迟到、早退、礼貌》。课文说，在以色列，虽然你可以有很多理由迟到，比如路上堵车、天气不好、家住得很远，或者早上起不来，等等，可是在中国，这些迟到的理由都会让别人很不高兴。

在中国的学校学习，很少有学生迟到或者早退。如果有人迟到了，他会觉得非常不好意思。有的学生怕老师批评他，迟到了就不进教室。从来不会有学生对老师说，他要提前离开教室，因为他有别的工作，或者要早一点回家，大家都知道早退是非常不礼貌的行为，除非你有非常特别的理由，或者突然发生了很特别的事情。……如果学生有问题，应该先举手。总之，教室和咖啡馆是不一样的。

在讲解课文的过程中，就有三位来迟的学生推门而入，跟老师解释完诸如公交车不准时、闹钟没响、要打工等理由后就若无其事地坐下来上课。

老师每讲完一句课文就提问：“在以色列也这样吗？”

“在以色列不这样！”

“在以色列学生发言会先举手吗？”

“不会！我们经常打断老师！”

“在以色列怎么称呼老师呢？”

“叫名字！”

“在以色列学生迟到吗？”

“我们天天迟到！”

尽管我在国内就听过不少西方国家老师与学生关系平等的传闻，也仍然被这些大言不惭的以色列人弄得哭笑不得。

那节课留的作业是写一篇有关以色列学生的作文，要求用到以下词组：经常、迟到、早退、理由……我很纳闷用这些词能写出什么文章，心想大概只能写出认罪状吧。

中文系的学生虽然整天对“繁重的”作业叫苦连天，但聊起老师却总是崇敬之情溢于言表。他们敬佩这些中国老师学识渊博，不光中文造诣深，甚至连希伯来语词汇也懂得比他们多；他们敬佩这些老师不光教中文，更教如何做人。敬佩归敬佩，开起老师的玩笑来他们可是一点儿不留情。给老师取外号，学老师拿腔拿调，吐槽老师偷懒，真真跟我们俄语系一模一样。

不一样的是我们俄语系老师深得俄罗斯人不苟言笑的真传，连西班牙语系的老师都吐槽我们教授“不忍直视”；特大中文系的学生却发现自己的老师常在练习册里和他们开匪夷所思的玩笑。我见过好些让人忍俊不禁的例句,最喜欢的是一组比较“只有……才……”“只要……就……”和“要是／如果……就……”的例句。

“只有你同意做全职太太，我才跟你结婚。”

“只要你不让我做职业妇女，我就不跟你上床！”

“要是我把全职太太变成一种职业，你就跟我结婚吗？”……

例句有英文译文，但看完译文后，以色列人还是不可置信地捧着摔碎的下巴来问我：“老师真的是在说他说的这个意思吗？”

虽然他们习惯迟到、早退、旷课、抱怨、不按时交作业，但以色列学生有一个很好的传统，就是每学期的最后一堂课，他们都会给老师带礼物，以表达对老师辛勤付出的感谢。中文系学生给老师送鲜花、送蛋糕、送糖果、送自制的贺卡，我还见过日语系学生自己做寿司送给老师。

在学期最后一天，托利跟我说他专门在课后到老师的办公室去向她道谢。

“她真的是我见过的最好的老师。不仅教中文很有自己的一套办法，而且她让我觉得，她就是我以后想要成为的人。她知道上课如何抓住学生的注意力，以色列学生这么闹腾，不是每个老师都有办法让我们一直安静听讲的。可是她就是让你觉得，她的每一句话都那么有用、有意思。无论你问她什么问题，她总能一下答到点子上。而且她特别特别谦虚，她那么有才能，可是她那么谦虚。不管我们多么无理取闹，她从来不恼。唉！你真的无法体会她有多么好！”

我心想，我能体会，我在南大俄语系也有这样的教授，他让我觉得能做他的学生是一辈子的幸运。不似我再没有机会向自己的教授表达感谢，这位崇拜者冲到办公室，当着办公室所有人的面，盛赞了自己的老师一番。

托利：“不过她看起来挺不自在的。”

我：“当然啦，中国人嘛。如果你私下说的话，可能她会少些尴尬。”

托利：“办公室就是私下啊。我知道你们中国人谦虚、面子那一套，但我就是要用我们以色列人的方式赞美她，让她知道，也让在场的老师都知道，她是多么棒的人。”

我：“我懂你对她的感激，也相信在场的其他老师不会心存芥蒂，但你说得那么直白，赞美得又那么夸张，对中国人来说可能多少还是有些过了，起码考虑下在场其他老师的感受吧。”

托利：“一点儿不夸张！她就是好，她应该接受学生的感激，应该知道并承认自己多么好。其他老师也应该看到我们学生是多么尊敬她！为什么你们中国人要把自己的才能和对别人的赞美搞得藏藏掖掖的呢？”

（三）

和南大俄语系每年圣诞节前后都会举办“俄语晚会”一样，特拉维夫大学中文系也有“中文晚会”的传统。中文系一共三个年级，每个年级有不同的班。中文晚会上，规定每个班都要出一个节目。

今年中文晚会的节目主要以歌曲演唱为主，我们的俄语晚会也是如此。大概是因为相较小品、朗诵、舞台剧等其他表演形式，歌曲演唱的难度较低。但与俄语晚会很大的不同是，在俄语晚会上，我们拼命做“俄国人”；在中文晚会上，我却一点不觉以色列学生有“中国味”。

大一的俄语晚会，我和舍友合唱了一首俄语歌曲；大二的俄语晚会，我们在俄罗斯外教的帮助下根据契诃夫的小说排演了话剧。系里其他的节目也大多是俄语歌曲、俄语诗歌朗诵，连主持人的串场词也费尽心思要加进更多俄罗斯元素。特大的中文晚会，除了所用语言是中文外，其他内容大多与中国没什么关系。他们也唱歌，唱的是希伯来语或者英语翻译成中文的歌；他们也跳舞，跳的是街舞，不过说唱歌词译成了中文；他们也排戏，但剧本是根据犹太寓言改编的；他们也有中国元素，歌词里有北京、上海，有中国菜，但除了美景与美食之外，没有一点让我感觉“中国”。

中文系的学生在台上西装笔挺、劲歌热舞，他们用蹩脚的中文互相交谈，台下的老师们穿着别扭的旗袍，他们仅有的只是中国的“面子”，却缺少中国深厚文化的“里子”，中国的五千年文化不是几句蹩脚中文和华丽旗袍所能涵盖的。

中文系学生想要什么样的“中国”？我问过一些学生他们选择中文

的原因，有的是喜欢台湾言情剧，有的是喜欢老庄哲学，有的是喜欢这个东方国度与西方截然不同却又难以言明的气质，而更多的则是想同中国商人做生意。

孔子学院展示的是什么样的“中国”？他们举办过好些活动：书法展、京剧秀、太极拳、龙舟赛……在端午节，孔院让一群以色列人热热闹闹地在地中海边上划起了龙舟，然而，我真的怀疑，他们是否真的知晓屈原，并理解其中的千年传承？

我问我的捷克室友“什么是中国”，她想到的首先是好莱坞的花木兰、满街长辫子的黄皮肤人和遍地廉价且质量低劣的商品。

又问比她少些褊狭的以色列人“什么是中国”，他们首先想起的是李小龙、成龙、姚明，再思考一下，会想起无处不见的“Made in China”。他们眼中的中国和孔院展示的那个优雅体面的中国相去甚远。然而，不论是流行文化的功夫明星，还是传统文化的旗袍龙舟，它们的吸引力都只是暂时的。

10 以色列留学十问

网络上关于以色列留学的文章已有不少，但对大多数有意出国留学的中国学子而言，以色列仍然是一个相对小众的留学目的地。我结合自身经历，把一些朋友常问及的相关问题做了整理，希望能为有意到以色列留学的朋友们提供一点参考。

Q1. 为什么选择以色列？

去年12月我被特拉维夫市政府邀请在其举行的教育推广会议上发言，与会者是以色列各高校亚洲事务的负责人及相关政府官员。以色列近年来在经济、文化、教育等各方面都经历着“中国热”，反映在高校招生上，便是想尽一切办法扩大以色列高校在中国的知名度，吸引更多的中国生源。

我的发言围绕一个问题展开：为什么中国学生要选择以色列？

我的回答归结为三点：申请门槛低、教学质量高、生活氛围好。

就我自己而言，在大二下学期要决定去哪里交换时，我虽然成绩总评排名第一，但专业排名只在中上，拿不到国家留学基金委的奖学金名额（我们系申请交换项目时只看专业排名）。我本是三心二意的俄语爱好者，对俄罗斯文学始终是抓耳挠腮的门外汉，最多可说有一点叶公好龙、经不起推敲的好感。而我俄语系的学长曾在以色列做过半年的交换生，拍回来的照片多是盛夏时节沙滩上性感的比基尼美女，或是夜间酒吧里勾肩搭背的俊美少年。综合考虑了一下，我觉得既然不论是去俄罗斯还是去以色列都是自己出钱，为何不去有阳光、有海洋的发达国家，学自己真正感兴趣的东西呢？但最终让我下定决心去以色列的原因是，我发现去俄罗斯的交换项目是不能自行选课的，课程基本还是在俄语语言学和俄语技能训练方面。而以色列不仅有五分之一的人口说俄语，在特拉维夫大学还有 60 多门英语授课的人文课程任我自由选择。于是，我抱着“既能用英文学哲学历史，又能用俄语跟同学谈笑风生”的美好幻想申请了去以色列的交换项目。

Q2. 申请以色列高校的条件是什么？拿奖概率大吗？

对于想到以色列攻读学位的申请者而言，每个人的背景和要求都各不相同，有想申请本科的，有想申请硕士、博士的，有文科背景的，有理工科背景的，有具备工作经验的，也有毫无工作经验的，因而很难一概而论。以不变应万变的方法永远是：首先明白自己想要什么，然后到各大学的官网上了解相关信息，挑选出自己有意向的项目后，找该项目的负责人或参与过该项目的前辈询问有关情况。这大概是比较事半功倍的途径。

总体而言，申请以色列高校比申请英美高校的门槛要低。申请以色列本科不需要 SAT 或 A-Level 成绩，申请以色列研究生绝大多数不需要 GRE。仅举特拉维夫大学《圣经》考古专业一例，除个人陈述、推荐信、成绩单等常规材料外，标准化考试只要求托福 89 分。各位看官走过路过不要错过，睁大你炯炯有神的可爱的小眼睛：对语言水平要求不会太低的《圣经》考古研究专业，入门条件只需托福 89 分。如果这还不算跳楼价的话，也差不多是大甩卖最后三天的水平了。多扯两句，这个《圣经》考古的项目隔两周就会有 Field trip（田野考察），从加利利湖到伯利恒，《圣经》里提到的地方基本会带你走一遍。据说该项目还衍生出了“圣经之旅”的考察项目，有美国人交 3000 美金，就为了跟着考古学家到圣地巡礼的。最关键的是，这个项目每年有十个专门给中国申请者的全奖名额，学费、住宿费全免，生活费补贴，具体补贴数额我忘了，不过是能基本涵盖正常饮食出行的需求的。

在以色列留学，尤其是硕博阶段，奖学金很丰厚，如果你是理工科方向，则更有优势。近年为了吸引更多的中国生源，很多项目还专门给出了针对中国申请者的奖学金。奖学金来源除了学校之外，还有以色列政府奖学金、国家留学基金委奖学金，以及各种海外基金会，等等，而且奖学金竞争相比英美国家小很多。

Q3. 教学质量如何？

“性价比高”恐怕是我推荐到以色列留学最强的理由。

以色列共有九所大学，各有其学科优势，大部分均排名世界前列。特拉维夫大学在以色列排名第四（也说排名第二），世界排名 56。我在特拉维夫大学的教授们基本都是在美国高校拿的博士学位，或者干脆就是美国人。以色列和美国关系密切，被戏称为“美国第五十一州”。特大与美国高校的交换项目也不少。室友是电子电气工程专业的，有一次和我聊天，说有同学问他们项目负责人求美国的交换项目何时有信息，项目负责人说大概在下学期会出，但即使有也不推荐大家去，因为特大这个项目的教学难度比一般美国高校要高，基本跟 MIT（麻省理工学院）持平。室友是学霸，听完后愕然，啊？如果 MIT 就这个水平，那也太水了吧。不过听说他们班编程课挂了三分之二的人。

特拉维夫大学英文授课的本科项目有两个，一个是电子电气工程，另一个是人文学士。我选的课大多是第二个项目的。班里有个新加坡姑娘，当年也申请了北京大学，结果数学挂了，没考上。现在在特大念得开心到不行，说这里的大学很有竞争力，有时候也庆幸自己当年考北大被拒，说自己在复旦念国际关系的朋友，觉得接受的信息在意识形态上的偏见较多。

以色列本科学费约是美国的三分之一，研究生项目奖学金丰厚，高校宽进严出，跟在英国念书的朋友聊了聊，觉得以色列学生算是比较努力的。

Q4. 生活开销如何？

我曾经想写一篇题为《“贵国”以色列》的文章，可惜一直未能成文。

以色列国家小，跟周边的阿拉伯国家关系紧张，很多东西需要从欧洲进口，物价相对较高。我的经济课教授说，他去法国旅行，深感法国跟以色列相比“不要太便宜”“哪怕英国与以色列相比也只能相形见绌”。但物价再高，对全奖学生没太大影响，对无奖的可能比较困难。在以色列如果拿的是学生签证，是被禁止工作的，但去年有消息传出未来政策可能放宽，持学生签证者也能打工。捷克室友曾怂恿我跟她去寿司店打黑工，当时怕死，没敢。现在空闲时教以色列学生中文，每个月的花销如果下馆子次数控制一下的话，基本也能挣出来。

没什么好说的，以色列就是贵，以色列人自己也觉得贵。有一次以色列妹子跟我诉苦：“你知道我们要攒钱买房有多困难吗？中国人能跟我们比吗？”然后啪啪啪在手机上戳了戳，算了个数字给我，“你看！我们要工作这么多年才能在特拉维夫买一套房！”我把她的手机拿过来也啪啪啪，递还给她，看到上面的数字比她给我的还要多个五六年，她这才消停下来，和我一起坐在书堆中唉声叹气。

Q5. 以色列安全吗？

在国内，如果要问国人对以色列的印象，不外乎“战火纷飞”四个字。中国人虽诚心向学，足迹遍布全球，但仍没有多少学生甘愿为求学搭上身家性命。

当我告诉朋友要去以色列交换后，除了“那你要戴头巾吗”这种可以忽略不计的“太年轻，太简单，有时候太幼稚”的反应外，绝大多数人以其脉脉温情感动了我——“走，今天请你吃顿好的，说不定你这一去就是永别了”。学校里跟我一起来的另一个文院妹子，在得知自己申着玩儿的以色列项目居然奇迹般被选中后，当即在人人网上赋诗一首，颇有壮士出征、生死未卜的悲壮苍凉。

最后文院妹子毫发无损地回了国，和我一样心心念念将来重归这片热土。我身边在以色列学习、生活的中国人都觉得以色列是很安全的地方，我也知道以色列 HIV 感染率在全球来说都是非常低的。虽然近年因为非洲难民涌入有上升趋势，但仍然保持在很低的水平。上个月昆明发生暴恐袭击时，我正在朋友家过安息日。刷手机时不慎被朋友瞟去，朋友大惊，抱住我说："要是还可能有这样的事情发生，或者爆发战争，你就和我待在以色列，哪儿都不要去！"

以色列虽自建国以来经历数次战争，但仍是中东地区最发达、最稳定、最安全的国家。近年是局势改善的和平时期，局势不大稳定的地方多在边境和南部。我在特拉维夫，校区在北部富人区，更觉平静安宁，经常夜间独自散步四十分钟到地中海边上吹风。

巴勒斯坦人刺杀以色列士兵、神秘包裹在公车上爆炸等事件偶有发生，但至少我在以色列期间，还没听说过耶路撒冷、特拉维夫和海法等几个主要城市发生过此类事件。男朋友来以色列看我前，他的家人担心他会在以色列遭遇自杀式爆炸袭击；我妈经常忧虑他在美国会成为枪击案受害者；现在我的以色列朋友要到中国交换，也担心大刀会往自己身上砍来。在哪里都不会是百分百安全的，躺在家里喝水还能噎死。但毕竟灾难是小概率事件，大部分人只会平凡地死去。

Q6. 在以色列能吃什么？

对留学生来说，困扰最大的问题之一就是吃饭了。我不是吃货，对吃没什么要求，在家时夹生饭都吃不出区别，特别好养。但是好养如我终于也在到以色列五个月后，开始梦见母校的食堂了，呜呼哀哉！

即将出国的同学，如果你是中国胃的话，尽早做好吃不饱、吃不爽的心理准备。我见识短浅，除了至今怀念意大利茄子外，尚未尝到别国的菜比祖国的饭菜可口（啊有的，印度菜我很喜欢，重口的我都喜欢）。

以色列是犹太教徒众多的国家，所以大部分餐厅和超市都会遵守犹太饮食律法。符合犹太饮食律法的叫 Kosher，对中国人影响较大的 Kosher 就是意味着不吃猪肉、虾蟹，奶和肉不能同食。出国前，我问学姐在犹太人面前提起猪肉是否会大不敬？学姐朗声大笑，说我们在以色列算少数群体，他们应该尊重我们的需求，吃猪肉什么的根本不是个事儿。在特拉维夫，大部分超市不卖猪肉，但有虾出售。想吃猪肉的话，可以到市中心俄罗斯人经营的商店购买。我的很多以色列同学去过中国，猪肉、虾蟹广泛涉猎，至今仍觉回味无穷，学做中国菜已成为其毕生理想。

特拉维夫大学没有食堂，这点不太方便。学校里有餐厅，但是贵，所以除非赶时间且很饿，我一般都回宿舍自己做。因为嫌做肉麻烦，我大部分时候都煮面，然后从冰箱里搜刮出蔬菜，切吧切吧剁了，往锅里一顿乱煮了事。偶尔心情好了，时间也空余，就爆炒辣椒研制黑暗料理。

我的美国室友是极简主义之代表，一天三餐都是两片面包夹生菜火腿，简单得碗都不用洗；捷克室友是浮夸之代表，经常逃课回家鼓捣菜谱，做好后电话一个接一个地催我回家吃大餐——每次她做完菜，我们厨房水槽的下水道都要堵一回。

身边很多朋友茹素，口味清淡，看我无论吃什么都恨不得倒进大半瓶辣椒就觉得非常恐怖。“每一棵蔬菜来到世上都是为了完成自己成为一道美好食材的使命！”室友说，“所以应该尽力感受它原本的味道，而不是调料的味道！”

我是只吃辣椒就能存活的物种，出国前老干妈根本就不叫辣。到以色列后，惊喜地发现特拉维夫的华人超市里居然还有老干妈脱销一说。每次远征前往耶路撒冷买老干妈时，心里颇有五味杂陈的悲凉：人家是去耶路撒冷朝圣，我是去耶路撒冷朝干妈。

后来教授看了我写的发牢骚的打油诗后安慰我说："我出国的前十年也非常馋国内的菜，后来就不馋了。现在回国吃中国菜，也并没觉得有多幸福。"我听后更觉惶恐：十年，何其漫长？

以色列的中餐馆不算多，也是一个商机。我多次撺掇以色列友人赶紧在学校门口开家中餐馆，倘若日后诸君到特拉维夫大学附近吃到了中国菜，多半是鄙人的苦劳。

Q7. 以色列人对中国人怎么样？

非常友好。

基本上以色列人对待外国人都很热情友好，因为犹太人自己就来自世界各地。如果你是欧洲人，比较难以辨认你到底是不是外国人，但东亚面孔的话，基本就能确定了。

我感觉生活在热带、亚热带地区的人通常会比生活在温带和寒带的人热情，不过这种热情来得快，去得也快，端看你自己如何把握经营。犹太人也不过只是正常人类而已，不必过于浪漫遐想，也不必过度妖魔化。

我的以色列朋友坦言自己喜欢日本妹子，因为她们很Cheap（廉价）。传闻以色列男生对东亚女生的热情很大部分源于日本AV，他们对东亚女生的床上功夫常抱有不切实际的过高期待。

身边的很多以色列朋友对中国文化很感兴趣，对学习中文也有高涨的热情。有以色列男生对庄子很着迷，有犹太学者用希伯来文教学生磕磕巴巴地阐释《太极图说》，有妹子在甜品店信誓旦旦地跟我说："我要写一篇让全欧洲学生都读到的论文，告诉他们世界文明不只有欧洲一个中心，还有中国，还有印度！"

有意思的是，中国人被一些西方学者称作"东方犹太人"，以色列人因在OECD①成员国中人均工作时间最长，也有"欧洲中国人"的戏称（其实以色列是亚洲国家）。犹太人和中国人在家庭观、教育观等方面颇多相似之处，同时相较于重在认识世界本质（求真）的古希腊哲学传统，犹太文明和中国文明的哲学传统则更关注人如何在这个世界上生活（求道）。

注① OECD：经济合作与发展组织，由34个市场经济国家组成的政府间国际经济组织，旨在共同应对全球化带来的经济、社会和政府治理等方面的挑战，并把握全球化带来的机遇。

“二战”期间，当反犹主义浪潮在欧洲风起云涌时，中国和保加利亚是世界上仅有的两个接受犹太难民的国家。我没感觉以色列人因这段历史对中国人感恩戴德至涕泪交零，但了解这段历史的犹太人确实会感叹“中犹友谊源远流长”。

Q8. 移民以色列？

比较困难。基本有两条路：和以色列人结婚，或者皈依犹太教。

如果你是非犹太人，和以色列人结婚的话，婚礼不能在以色列本土举办。皈依犹太教要经过漫长的学习，一般至少一年，还要通过严格的考核。近年来许多以色列年轻人因社会保障、养老等方面的考虑纷纷选择移民到其他国家。

Q9. 在以色列除了学习外，有什么好玩的活动？

以色列国土面积狭小，约为海南省面积的三分之二，从最北端开车至最南端只需六个小时。但在这片土地上，历史遗迹俯拾即是。以色列人有句话说“在耶路撒冷祈祷，在特拉维夫享受，在海法工作”。耶路撒冷是世界三大宗教的共同圣城，可在此乘车到耶稣诞生地巴勒斯坦的伯利恒，可去死海体验在水上看书的快感，可去戈兰高地和马萨达沙漠远足，可在特拉维夫观赏地中海落日的辉煌。

以色列人总在找各种可以聚会的理由。安息日要聚会、生日要聚会、入学要聚会、参军要聚会、退伍要聚会、各种节日要聚会……一直被聚会，从未有停歇。上学期光学校组织的泡吧活动就有三次。同学们都参军服役过，也做过各种不同工作，去过世界各地旅行，所以聊起天来总觉有无限乐趣。

Q10. 是否会经历文化冲击？

这是因人而异的，所以只能谈个人经历。我到以色列没经过适应期，也没觉思乡想家难熬。但是文化冲击，现在想来应该是经历过的，虽然当时并不觉得。

到以色列的最初半年，每天都像过节一样开心。用 Euphoria（欣快）形容最贴切。每次看到 Euphoria 这个词我都会联想到 Aura（光晕），感觉自己被某种朦胧光晕笼罩，四周雾气升腾，天上有繁星闪烁。那时候一个人坐公交车都会莫名地笑起来，觉得自己在和这座城市热恋。确实是对自己的生活状态非常满意，无穷无尽的晴日和消耗不完的灿阳，瀑布一样倾泻的花朵在空气中流淌芬芳，地中海沉默而温柔，每次在海边看落日都美得想哭。学的也是自己感兴趣的东西，白天学《贝尔福宣言》，晚上散步就走到 Allenby（阿伦比）大街；跟教授说能不能和她聊聊论文选题，教授就早上六点从耶路撒冷驱车前来，满身朝露坐在学校的咖啡厅对我微笑。

再后来我去了纽约的法拉盛。“新世界”整整一幢楼像把南京水游城平移到了美国。最底层是美食广场，羊肉泡馍、麻辣烫、兰州拉面、麻辣香锅、小笼包子、珍珠奶茶……店面的招牌只有中文。坐扶梯上二楼，有兰芝的化妆品、D&G 的山寨货，店铺里卖的衣服全是淘宝款。一切都似在中国。

我只觉内心颤动。

这些中国人漂洋过海来到世界的另一端，在这里摸爬滚打，拼命跻身上游。他们漂泊了那么久，如一叶浮萍，本来极容易被卷进“大熔炉”的滚滚漩涡，消失在肤色、发色、瞳孔都与之异样的另一堆人群中。然而他们却为自己造起了这幢楼。楼外大雪纷飞，路灯昏黄看不清人影，楼内却灯火通明，米饭、筷子、乡音，全然似在中国。听闻波士顿的唐人街，正门牌楼上镌刻“天下为公”，反面刻“礼义廉耻”。

一个世纪前的中国移民用这八个字给出了“何为中国人”的答案，一个世纪后以色列姑娘安慰我说：失却的传统如基因存在于你的血液，总有一天会得以续接。

果真如此么？我不得而知。

日下悬崖眼前海，脚下空山人不在。想你千遍万遍，想你能在眼前，想你奈何不见，想你落泪掩面。

——倪六六

WHEN I AM DIFFERENT FROM
THE WORLD
当我和世界不一样

若要保住某件东西，最好的办法就是不去理它。爱得太过的东西容易毁灭，要冷眼对待一切，特别是你心爱的事物。那样，它们生存的机会反而会多一些。这大概是我们生活中最大的秘密之一。老人们不懂得这个秘密，因此他们失去了一切。我但愿年轻人能幸运一些。

—— 肖斯塔科维奇，《见证》

Mi amas vin Mahal kita
Rakastan
Tôi yêu bạn
cintaimu
אוהב אותך
'αγαπώ
Is breá liom
t'aime
Ik hou van je
你

סגור

WHEN I AM DIFFERENT FROM
THE WORLD
当我和世界不一样

Adi
KHALEFA
Show
28/4/2012
20:17
052-4454315
052-5670769
04-8643274
054-9554840
04-5988794
077-2031811

不久前，席得尼•胡克（Sydney Hook）发表一篇文章，名为《天空中的赌场》（Casino in the Sky），强调机遇和事件可以改变人的命运。我完全信服这种说法。在我一生中，我常必须在特定时点做出关键决定。回顾过去，我不确定当时是否由自己来下决定，似乎是决定等着我。

——黄仁宇，《黄河青山》

When
I am different from
The world

—

当我和世界不一样

TWO

RECORD

第二个记录

游走在世界另一端：不一样的公民

RECORD TWO

01 在以色列感受市级选举

在巴尔的摩候机时和一个美籍印度大叔聊天。他问，你对美国的印象如何？我说，我才到美国一个星期，除了觉得所到之处基础设施不错、自己冻得半死之外，对美国实在没什么印象好谈。印度大叔说，奥巴马总统有一次在演讲中提到，一个国家伟大与否并不取决于其基础设施的好坏，而是取决于这个国家国民的 Mindset（精神气质）。我说，是啊，所以在我还没什么机会跟美国人聊天的情况下，要我谈对这个国家的印象几无可能。

这也是那种纯粹为了看风景而出发的旅行让我感到乏味的原因。对我来说，更有趣的是与不同的人交谈。听他们说不同的故事，会让人觉得活了不止一次。

在南大时，能一起聊天的朋友不多。一来课业紧张，没什么时间；二来大家白开水般的成长经历大体类似，一个无波无折的高中爱情故事也能反复咀嚼好久。相比之下，我在以色列的同学的人生经历则要丰富得多得多。

在以色列，年轻人高中毕业后一般都要到军队服役。男生三年，女生两年。他们可能被派到前线直面战火，也可能留在后方做情报工作。这本身已经够刺激了，我还有不少朋友跟自己的上司有过桃色往事。每每提起，看着她们欲语还休的神情真是让人心头发痒。服役结束后，不少人会选择工作一年，然后用挣得的钱去长途旅行。泰国是热门目的地，除了泰国的低物价让这些以色列人心感身处天堂之外，据说还有一些人是为了去这个佛教国度疗治心灵创伤的。我的一位在特种部队服役的朋友，离开军队后跑到云南苍山的寺庙做了一年的和尚。在结束兵役、工作和远途旅行后，进入大学的是一些心理更成熟、更明白自己兴趣所在的年轻人。

我的室友就是这么个姑娘，虽然稍稍有些“另类”。她服役时就晓得怎么讨上司欢心以找借口偷懒，离开军队后谈了个穆斯林男友，结果被暴怒的父母赶出家门，在某个黄昏拖着一大堆行李敲开我的房门，怯怯地问：“我父母不要我了，现在身上没钱，能不能喝你放在厨房的咖啡？我会还你的。”她的兴趣除了画图纸、做菜、看动画片声音开到最大以外，就是政治。

她家住在距特拉维夫一小时车程的BeitShemesh（贝特谢梅什市）。她在当地工党组织的领导人中排名第八。两周前她就开始怂恿我跟她一起去感受贝特谢梅什市的市长选举。后来实在盛情难却，终于心怀忐忑地跟她一起坐上了去贝特谢梅什市的火车。在车上还心情沉重地给教授发邮件，说“希望极端宗教人士不会杀了我这个罪恶的吃猪肉的中国人”。这种惴惴不安的心情终于在她提出让我穿上他们竞选团队的T恤后爆发了。我语气生硬地说：“让我帮你理文件、数选票什么的我很乐意，但是要让我穿T恤、喊口号什么的肯定不行。”她对我的激烈反应感到吃惊，不过也没再坚持。

我们晚上九点多到达贝特谢梅什，去竞选办公室的路上跟另一名男生拼车前往。室友、拼车男和司机在车上没聊上几句就说到了第二天的选举。室友和司机支持的是由利库德、工党、犹太家园党等组成的世俗派市长候选人 Eli Cohen（艾利·科恩），而男生则支持犹太教极端正统教派领导的夏斯党候选人 Moshe Abutbul（摩西·阿卜特布）。三个人在车上吵得不可开交，最终以室友下车时摔得震天响的车门声结束。竞选办公室位于市中心的一排小平房里。一下车室友就指着阒静的四周对我说：“你看看，你看看，这就是我们的市中心！什么都没有的市中心！刚才那个混蛋还说阿卜特布（前任夏斯党市长）做了这，做了那，他做了什么让我们有这样的市中心？”

我们在竞选办公室见到了贝特谢梅什市的工党领导人 Richard Peres（理查德·佩雷斯）。大叔指着墙上自己参选市议会议员的海报说，“我们的口号只有一个词——诚实”。两个月前的选举结果，由于夏斯党被发现在选举中舞弊而取消。以色列最高法院裁定贝特谢梅什市重新进行一次选举。竞选办公室二十平米见方，放了五台电脑，八九个竞选团队的成员或守在各自的电脑前处理工作，或忙着打电话联系各项事宜。选举日前夜他们将彻夜不眠。

从办公室出来后，室友带我到一家小餐馆吃饭。服务员端上鸡翅时问室友："艾利·科恩？"室友默契地笑笑，与他击掌。吃完饭往家走，马路上偶尔有年轻人把音乐开得很大，一路开车高喊着"艾利·科恩"从我们身边呼啸而过。每到这时室友就特别开心，也大声喊着"艾利·科恩"向他们致意。

贝特谢梅什市有贝特谢梅什和拉马谢梅什两个城区。居住在贝特谢梅什的主要是世俗人士，人口占全市总人口的54%；而拉马谢梅什的居民基本都信仰极端正统教派，占全市总人口的46%。我问室友，你觉得明天艾利·科恩会赢吗？室友摇摇头。

"可是你们比他们人多呀。"

"贝特谢梅什有不少人也是支持哈瑞迪（指犹太教极端正统派）的。"

途经一片小区，室友对我说，呐，这里就是那些黑衣人①住的地方。

注① Black Men：对犹太教其中一个支派的称呼，因他们戴黑帽、穿黑衣而得名。

你要是夏天穿短裙从这里经过，那些人会骂你婊子。在这边，男人和女人不能走在街道的同一侧，他们还要求公交车上女人只能坐后排。我对他们的这种生活方式是没什么意见的，但是他们也别想用这套来管我。

一夜无话。

第二天凌晨五点半被室友拍醒，半梦半醒间跟她早早来到投票点开始搭帐篷、挂海报。选举日当天，贝特谢梅什全市共有 84 个投票点，我们所在的这个投票点设在一所小学里。因为选举，孩子们不用上课，老师带着他们在操场上玩耍，偶尔带小朋友们唱两句为支持艾利・科恩竞选而写的歌。不到八点，投票点外就已支起了各党派的帐篷。穿蓝色 T 恤的利库德，穿黄色 T 恤的犹太家园党，穿绿色 T 恤的工党，还有总是一袭黑衣的夏斯党也都来了。

前来投票的人慢慢多起来。每来一位选民，各党派的志愿者就围过去，递上印有各自党派参选市议会议员候选人名字的小纸条，叽里呱啦地说一定要选叉叉叉呀，我们需要叉叉叉呀，因为叉叉叉能够为我们叉叉叉呀，同时附上的当然还有印着市长候选人艾利・科恩名字的小纸条。夏斯党大约知道自己在世俗的贝特谢梅什不受欢迎，所以并不主动上前与前来投票的选民攀谈。

有一位七十余岁的老奶奶自愿来当志愿者。她已满头银发，没穿任何一种颜色的竞选 T 恤，从早上八点一直站到中午十二点。老奶奶是前苏联移民，听力不好，也并不说什么话，只是手上拿着一叠印有艾利·科恩名字的小纸条，半躬着身，颤巍巍地往从她身边经过的每一位选民手上递。偶尔视线与我相遇，她就对我不住地微笑、点头。离开时她过来与我拥抱，用俄语跟我道别，说“祝你幸福”。

很多老人拄着拐杖前来投票，家人、义工搀扶着他们缓慢地上下四十余级的台阶。夏斯党的支持者在车顶装了音箱，一遍遍播放着支持阿卜特布的录音，在投票点附近徘徊。有一个七岁的小姑娘凑过来用稚嫩的声音问：“姐姐，选票在哪里呀？我也想投票。”室友笑着摸她的脸，说：“等你到十七岁才能投呢。”室友十八岁的妹妹和她的朋友穿着绿色的T恤热忱地凑到每一位投完票的选民面前，绕口令般一遍遍地问：“艾利·科恩？理查德·佩雷斯？”一旦对方点头，两个姑娘就高兴得不得了。夏斯党和其他党派的志愿者一直大小摩擦不断，轻则言语暴力人身攻击，重则推搡撞肩，好几次都要警察过来拉开才罢休。

投票一直持续到夜里十点。随后公布的投票结果显示，世俗派候选人艾利·科恩以 758 票之差输给了极端正统派候选人摩西·阿卜特布。

入夜，贝特谢梅什开始下雨。雨下了一夜，室友也哭了一夜。

几个月前，耶路撒冷的市长选举也是一场世俗派与宗教派的拉锯战。最终世俗派赢得了胜利，耶路撒冷宗教派势力与政府的关系也日益紧张。一周前，据说超过一百万犹太教极端正统派教徒在耶路撒冷游行，抗议议会通过要求其履行兵役义务的法案。2014 年 3 月，这个法案在议会正式通过，有宗教信仰的犹太人享有兵役豁免权的特权成为历史。有数据显示，到 2050 年，以色列宗教人口数目将超过世俗人口，到那时，国父本·古里安（David Ben-Gurion，以色列第一任总理，也是任职时间最长的总理）关于建立一个世俗以色列的理想将遭到严峻挑战。如何面对这个挑战？很多以色列人心里也没有答案。

上周美国政治经济史的课堂上讨论“民主与共和”的话题。基于“人人生而平等”的民主理念，在实践中常会遭遇“多数人的暴政”的尴尬。而今天在贝特谢梅什，如果从宗教人口与世俗人口数目来看的话，我们面对的则是“少数人的暴政”的局面。

我看着那个十八岁的姑娘一遍遍向别人陈词为什么要支持艾利·科恩的理由，那么慷慨，想起自己十八岁时也参加过一次投票。整个学院的学生分三批进入一间教室，辅导员给每人发一张粉红的选票，一张印有候选人资料的宣传单，上面的人我都不认识。身边很多同学戏填了高数老师的名字，而两年后的今天，我已不记得当时自己是谁的拥趸。

如果说国民的精神气质是一个国家强大与否的决定性因素的话，今天在贝特谢梅什，我看到了国家制度与国民的精神气质是如何相互影响的。从这个意义上说，我不同意“你怎样，你的国家就怎样”的观点。在以色列，在贝特谢梅什，投票日颇有全民节日的气氛。而在以色列，对普通人来说，政治就是拥有投票权、行使投票权。选 BB（内塔尼亚胡的谑称），不是因为他一贯“伟光正”，而是因为他是“最不糟的选择”。为竞选卖力，为自己支持的候选人摇旗呐喊，因为知道自己的意见重要，知道自己的声音会被听见，知道未来一切要靠自己争取，而不是靠跪在某个官僚部门的门前，等着命运的奇迹降临。

02 如何正确地在市政厅黑英国人

2013 年 12 月 5 日 特拉维夫

今天被邀请在“特拉维夫学术机构论坛会”上作为中国留学生代表发言。论坛在市政厅举行，前来的主要是以色列各高校负责亚洲事务的代表，政府主管教育的官员，新任上海领事和外交部官员。会议主要讨论“如何吸引更多中国学生到以色列留学”。

去之前就听说以色列人演讲很厉害，开门见山，直奔主题，口若悬河，气势逼人。今天听下来觉得其实没那么夸张。凭几张 PPT 就能脱稿滔滔不绝地讲上十五分钟确实厉害，但也不是什么很难做到的事情。关键还是在于气场。平日里上课，经常有以色列同学打断老师，发表看法。而我到现在也还是不习惯打断老师说话，就连举手也担心会干扰老师思路，所以一般都是课后去找老师。

今天的会议上，各高校代表或集团 CEO 每人有 15 分钟陈述时间，中国三个学生一共 20 分钟。我本来打算穿正装去的，后来听说以色列人开会穿得也不怎么正式，加上没找到像样的衬衣，所以最后变身正装秀的计划没有成功，套了条黑裙子就去了。到了会议现场发现各位大佬确实是随意得可以。有穿棉布裙来的，有趿着布鞋来的，有衬衫扣子开到胸口戴着造型夸张的项链来的，还有披着色彩艳丽的大花朵披肩来的。仿若不是来开会，倒是来比美，个个灿烂得要开到春天里去。因为光明节将至，会场还布置了一盏光明节枝形灯台，旁边摆了很多饮料、点心，供参会者取食。

我们被排在中间，之前先是各高校负责亚洲推广的代表发言。2013年11月，以色列高等教育委员会组织了包括特拉维夫大学、希伯来大学、海法大学等在内的七所以色列著名高校参加了中国国际教育展。各高校代表主要围绕这次去中国参展的体会进行陈述。因为陈述是用希伯来语，所以我和另一位不会希伯来语的姑娘只能从图片和他们的神情判断其发言内容。概而言之，他们的主要观点应该是“中国市场利益巨大，潜力可挖，以色列高校在微博、人人网等中国年轻人广泛使用的社交平台上的知名度亟待开发”。

我三分钟的陈述主要围绕一个问题展开——为什么中国学生要选择以色列？毕竟在如何做推广方面，在座官员及代表才是专家，我能提供的有用信息只能是从一个中国学生的视角谈国人对以色列的印象，谈中国学生在选择留学目的地时会考虑的因素。开头用《傲慢与偏见》的经典句式“It is universally acknowledged……”（众所周知……）小小自嘲了一下。

中国人虽诚心向学，足迹遍布全球，但还不至于到为了追求真理愿意搭上身家性命的地步，这不仅对中国人如此，也是放之四海而皆准的真理。以色列人自知本国在国际社会上的形象备受争议，所以台下听众会心一笑。我接着列举了到以色列留学的各种优势：申请容易、性价比高、对中国人友好。高校代表们认真聆听，不时在纸上记下要点，我为自己的意见获得重视感到开心，同时也被他们虚怀若谷的态度小小地感动。说到“对中国人友好”这一点时，我不厚道地黑了英国人一把，用英国和以色列做了个也许不是太恰当的对比。美国人在中国人看来太不含蓄，表达个人意见时过于直接，殊不知对美国人来说，以色列人才是口无遮拦，说话做事毫无顾忌。风度翩翩的英国人更是觉得以色列人简直可以用“粗鲁”来形容。我谈起自己在博物馆偶遇的以色列人、在讲座时遇到的以色列反恐军官的经历，说我在以色列遇到的几乎每一个人都对我非常友好热情，他们总是感谢我选择了以色列，并表示愿意竭尽所能，让我在以色列感觉像在家一样，“作为一个留学生，我不知道还有什么比在异国体会到‘家’的感觉更让人心安的了。我在英国念书的朋友告诉我，英国冷得要死，英国人也冷得要死。”台下哈哈大笑。平心而论，以色列人的热情来得快，去得也快。英国人虽然初见时持重，但随着交往渐深而积累起来的感情却更能持久，所以很难评价孰优孰劣。不过演讲时为了追求现场效果，只能心虚地让英国人吃一下亏了。

03 去见内塔尼亚胡

2014 年 5 月 20 日 特拉维夫大学

昨天举行了以色列“总理创新创业奖”的颁奖仪式。这个奖由以色列现任总理内塔尼亚胡于 2010 年发起，到今年是第四届。每年由评选委员会在非盈利和盈利两个领域进行评选。今年从 300 多名候选人中最终选出五名获奖者，非盈利领域两位，盈利领域三位。非盈利领域其中一位是帮助家境贫寒的阿拉伯女生了解、接触现代科技成果，一位是用科技帮助聋人说话。盈利领域分别与节水、养殖和帮助聋哑人有关。节水那个太神奇了（如果我原理理解正确的话——原谅文科生），通过在水面上铺满塑料球体（每个球体有两只拳头大小），一方面减小蒸发面积，一方面降低水温，从而将蒸发率降低了 90%。另一位获奖者是乌克兰犹太移民，在基布兹生活时获得了发明灵感。有感于养殖业效率低下，他开发了一套监测系统，能够测算出什么时间喂食多少饲料既能够达到效益最大化，又能最有益于动物的饮食健康。

原定的颁奖仪式在 16 号，后来因故（或许是为了配合中国代表团的时间）延到了 19 号。昨天清华大学校长带了好多教授过来，大厅里四分之一都是中国人。还见到了《创业的国度》的作者索尔·辛格，跟他吐槽了一下我们教授大半个学期都在念叨他的书。会场设在特拉维夫大学，提前一个半小时就开始排队，过了两道安检。一起去的巴西姑娘因为被怀疑高跟鞋里有凶器还被带走接受了特别检查。

内塔尼亚胡进场时全场起立（据说是惯例），然后在颁奖仪式最后做了约十分钟的发言。整个仪式用希伯来语进行，现场提供了同传设备。耳机里同传一直在喘，令人揪心。比较惊讶的是，之前首席科学家和特大校长发言都赤裸裸地当面拍马屁。尤其是首席科学家说："我听了总理前两天做的关于科技创新的演讲，大为惊叹。总理先生，您见解如此深刻，简直跟从事了几十年科研的科学家没有两样！"天啦啦，我都听见现场鸡皮疙瘩扑通掉地的声音。

内塔尼亚胡最后的发言以以色列科技创新为主题，说的其实都是老生常谈：以色列科技好，因为我们大学和研究中心很强；因为我们科学家个人的才智杰出，得到了充分发挥；因为以色列的安全需要激励了以色列人不断发明创新。谈到中国、日本和印度最近都向以色列伸出了科技合作的橄榄枝时，自豪之情溢于言表。

内塔尼亚胡一走神把举办方特拉维夫大学说成了"希伯来大学"，随后立即改口道："啊，我说的是我们在特拉维夫的讲希伯来语的大学！"能听懂希伯来语的全场爆笑。同传没翻出来，中国代表团因为没明白笑点，都很镇定。

跟我一起去的美国女生在为美国最强大的亲以色列游说团体 AIPAC（American Israel Public Affairs Committee，美国以色列公共事务委员会，成立于 1963 年）工作。她昨天裙子穿得好美。我开玩笑说："你看起来不像是去见总理，倒像是去见男友，这么激动？"

她说："呐，又不是第一次，这已经是我第六次见内塔尼亚胡了。"

我说："敢情你不是去见男友，是去见老情人啊。"

美国女生对游说怀有持久而高涨的热情，一路上都在跟我解释"为什么保持紧密的美以关系不仅对以色列重要，对美国也至关重要"。

"令人欣慰的是，75% 的美国人都认为要保持紧密的美以关系。我们的游说就是要确保以色列议题一定会出现在议员们的议案中。议员应该代表我们的想法，要是我们不告诉他的话，他怎么知道我们想要什么呢？"

仪式结束后，全场起立唱以色列国歌。从会场出来，看到两辆总理座驾。我问内塔尼亚胡在哪辆车里啊？朋友说："不知道，总理出行都要安排两辆座驾，就是为了达到混淆视听的目的。"

04 沉重的希望

以色列的大部分节日都根据犹太历庆祝。所以如果以公历计算节日时间的话，节日日期每年都会变。2014 年以色列国家公祭日从公历 5 月 4 日晚间开始（犹太教将日落作为一天之始）到 5 月 5 日太阳落山结束。紧接着从 5 日晚间起到第二天傍晚，就是以色列独立日。

早在 4 月初就有朋友和我说，独立日前后的这段时间是以色列一年中最戏剧性的时刻。前一天还举国哀悼，商铺闭户，纪念蜡烛随处可见，一转眼就举国欢腾，载歌载舞，欢饮畅谈，直到黎明。

“一定要在以色列体验这种转变！”朋友像下达任务似的对我强调。

壹・公祭日纪念仪式

4 月中旬在学生会组织的逾越节晚宴上，负责国际学生后勤事务的 Renana（蕾娜娜）问我愿不愿意在公祭日纪念仪式上表演。我觉得这是一个深入体验以色列社会的难得机会，就一口答应了。本以为表演不过是念两句诗，唱几首歌，不需要刻意准备，结果事实证明我大错特错。

定于5月4日晚间举行的哀悼仪式，我们从4月23日开始就被召集去排练。此后的两个星期里，除了安息日休息过一天外，每天晚上都要雷打不动地排练两个小时。

报名参加表演的有十个人，除我以外都是美国来的交换生，而且除我以外都是犹太人。第一次见面大家自我介绍，四位负责此次活动的组织者都提到自己有亲人或朋友在战争中牺牲。这从一开始就给我们的排练平添了几分沉重。活动负责人 Jennia（詹妮娅）说："公祭日是为了纪念以色列建国以来在历次战争中阵亡的烈士，以及所有在恐怖袭击中遇难的国民。这一天对以色列人而言具有十分重要的意义。虽然现在你们可能感觉不到，但到公祭日那天你们就会明白，我们正在做的是多么有意义的事情，你们的以色列朋友会有多么感激。"

因为表演人数不多，能唱歌的更少，最后任务分配下来，我和美国姑娘 Arianna（亚丽安娜）两人要合唱三首希伯来语歌，我还要用英文念一段书信。虽然自幼学习钢琴，乐感也不算太差，但唱歌我并不在行，最多是大合唱中滥竽充数的水平。现在一连要唱三首歌，其中还不乏独唱部分，内心自然忐忑不已。

我们的排练场地就是宿舍楼下的防空洞。这样的防空洞在大学里也随处可见。某次上历史课时，教授突然说："你们看见那些防空洞的标识了吗？你们以为那些防空洞是为谁建的？都是建给你们避难的呀！”我们哄堂大笑。在悠闲宁静的特拉维夫，几乎感受不到战争的威胁，同学中也从未有人想过会真有需要到防空洞避难的一天。我虽然一直想去那儿探险，可惜总没有机会。现在终于能进了，却没想到自己并非是去躲避战火，而是去歌唱和平的。

防空洞由两个三十平米见方的房间组成，中间由一条短窄的甬道相连。房间里有桌椅、台灯、插座、厕所，角落里横七竖八地堆着木板，地上落满灰尘。我和亚丽安娜在其中一个房间练歌，剩下的人在另一个房间练习朗诵。在长达两个星期的时间里，我们每天晚上就待在这地下深处，读希伯来语，唱悼亡哀歌。

亚丽安娜从小在合唱团唱歌，歌声清亮悠扬，中气十足。而我这名业余选手直到正式表演那天，也还是没搞懂究竟该如何“腹式呼吸，丹田发声”。有时自己在宿舍练歌，舍友会不时探进头来——“哎，要破音了”。和声非常困难。即使受过歌唱训练的亚丽安娜也需要练习几次才能掌握。我的绝对音感只在中低音域能听准，一到高音区就歇菜。奈何教唱歌的 Tomer（托摩）偏给我挑了高音区的和声，还一直怂恿想方设法逃避的我说“你能唱上去的，能的，能的”。直到正式表演前的几次排练，我还是一到和声就紧张出错。排练结束后，每次我都觉得非常抱歉。蕾娜娜和我说：“戈，我想告诉你，你最后那段高音真是太美了，轻柔得像天使一样。你总觉得自己唱不好，但我跟你说，你唱得真的非常非常棒！”我自然知道她这是安慰鼓励的成分居多，但想到好多人为这次纪念仪式殚精竭虑，我就算再忐忑自责，也不能到台上犯怂。

4日晚上七点半，观众们陆续来到宿舍前的空地上。那天早些时候，我们已经把这里布置成了小型会场，舞台、座椅、灯光、钢琴、音响设备一应俱全,地上还有用蜡烛摆成的大卫之星,旁边放着红色的圆形花圈。按照惯例，出席公祭日的纪念仪式通常要上着白衣，下穿黑裤。虽然那天来参加悼念的国际生多是第一次出席这种场合，但大家都自觉遵守了规定。

七点五十五分，主持人上台做了简短的开场白，然后全场起立，等待防空警报响起。

八点整。尖厉的防空警报拉响，全场默哀。两分钟后，主持人请大家就坐，仪式正式开始。诗歌朗诵和歌曲演唱穿插进行，因为观众中有不少不懂希伯来语的国际学生，所以所有的诗都用希伯来语和英语朗诵两遍。

> 愿上帝记得这些为建立以色列国牺牲的勇士
> 记得这些为保卫以色列国献身的男人和女人

愿以色列人缅怀他们
哀悼这葬于战场的——
绚烂生命，坚贞意志
忘我无私，高贵尊严

愿以色列国铭记这些
自由与胜利的忠诚卫士
直到永远
……

纪念仪式在沉重而庄严的气氛中进行。没有串场，没有掌声。第一次参加公祭日仪式的国际学生都被这种肃穆感染，在战争和恐怖袭击中失去亲人和朋友的以色列人则默默垂泪。我和亚丽安娜最后上场，有惊无险地唱完了三首歌曲。最后全场起立合唱以色列国歌《希望》。

仪式结束后，一位全身素黑的老人过来向我道谢。她紧紧地握住我的右手，脸上还有泪痕。她并不知道，自己眼前的这个中国女生要靠英文字母标注才能读出希伯来语。她也并不知道，这个连希伯来语都不会说的中国女生在她的残泪和手上，第一次感受到了这个国家在哀恸中永怀希望的体温。

贰·拉宾广场的痛与爱

纪念仪式持续了大约四十分钟。表演结束后，听闻拉宾广场有悼念活动，我和朋友当即决定一同前往。

平时25路公交车从宿舍门口直达拉宾广场。公祭日和独立日期间，特拉维夫部分路段限行。我们下车后还步行了大约十分钟，经过安检，方才获许进入。拉宾广场位于特拉维夫市中心，在市政厅办公楼前，是全市最大的广场，许多大型集会、请愿活动都在这里举行。它原名叫国王广场，1995年拉宾总理在此遇害后，以色列政府将其更名为“拉宾广场”，以此纪念这位为巴以和平事业献身的老人。

公祭日当天，广场上搭建了舞台，在广场一侧还支起了大屏幕。我们到时，屏幕里正在放映访谈视频。以色列朋友向我解释说，视频中的女人是一名阵亡战士的母亲，她正在讲述儿子的生平。整个仪式以放映此类视频为主，阵亡战士的亲人、朋友在镜头前时而微笑，时而落泪，回忆曾经与亡者的交往。聚集了上万人的广场肃穆沉静，人们或坐或立，双眼望向屏幕，缄默不语。我身边的姑娘把头埋进朋友怀里，无声哭泣。

这时，我想起自己在悼念仪式上念的信。那封信是一个叫Yael（耶尔）的姑娘写给她的男友Rotem（若坦）的。

“我会永远记得你英俊的脸庞，你的双眼，嘴唇，你的褐色雀斑。我记得关于你的每一件小事。我在每个角落都能看到你的眼睛，在每分每秒仍感受着你的体温。让我在你的目光中沉溺，让我被你的温暖侵袭。我还能听见你的爱语。吾爱，你曾是我坚不可摧的盔甲……直到恶魔之手将我们分开。我惶然四顾，各处寻你，在每个朋友身上都能看到你的影子。我闯进他们中间，试图将你攥紧。”

2002 年春天，若坦在加沙执行任务时牺牲，年仅 19 岁。家人收集整理了他从小到大的所有照片，编辑成书，还专门为他建立了纪念网站。若坦的妹妹是蕾娜娜的好友，我因而有幸从蕾娜娜那里看到了这本生命的影集。书里的若坦俨然是个大孩子，难得有他不搞怪的照片：若坦穿着白背心，跟戎装齐整的战友勾肩搭背；若坦喝完牛奶故意留下唇上一圈乳白；若坦挎枪叉腰，学 T 台模特扭胯挺胸，身后是荒芜的战场，夕阳落在肘边……

整本书四分之三的篇幅都是若坦生前与家人、朋友，以及他为之献身的世界的合影。最后四分之一则是若坦牺牲后从报纸和电视上摘下的报道与截图。翻阅这本影集，我感到的是一种对生之美好的无限眷恋和对死之哀恸的庄严缄默。

在这里只歌颂生，不歌颂死。死是迫不得已、没有选择的选择。死是世间最悲伤的结局，即便是为国而死，这光荣也是沉痛的、宁愿没有的光荣。

“没有人想上战场。但你之前的和平生活是别人用生命换来的，现在轮到你了，你有什么理由推辞？”——以色列人的爱国，总是从爱家开始。

曾经听过一位反恐军官的讲演。他在介绍自己时，先说自己是“一个美丽女人的丈夫，三个可爱女儿的父亲”“所有威胁到她们安全的人，我都绝不会善罢甘休”。在西岸的巴勒斯坦，我曾拜访过当地一位活跃的抗议分子，年过半百，入狱两次，数年如一日，每周五都组织左邻右舍上街抗议以色列对西岸的“非法占领”。他给我们放映了一段自己制作的视频，视频里以色列士兵把参与抗议的美国女生粗暴地抬走，女生挣扎着大声叫嚷“放我下来！我做错什么了？我做错什么了？”以色列士兵用粉笔划下界限，用枪对准拍摄者，高呼“不要超过那条线！不要再靠近！”镜头里，两位男士牵着自己的孩子仍然一意孤行地向前走。八岁的孩子在混乱中头部受伤，血流如注。镜头对准孩子的伤口一动不动，持续数秒，似在无声地展示一种功勋。“如果你知道抗议中很可能会发生冲突，为什么还一而再、再而三地带着自己的孩子前往？”抗议者指指自己的孩子：“你们问问他自己愿意吗？他愿意！他是一个小英雄！”

拉宾广场上响起的国歌声将我的思绪从西岸拉了回来。悼念仪式即将结束，广场上肃穆井然，万籁俱寂，唯有全场齐唱的国歌声在广场上空传扬。这里的公祭日没有那么多英雄主义，和国歌一同响起的是对生命的追怀，与对和平的企盼。犹太教中将生命的价值置于极高的位置，连自杀也因为等同于谋杀而被诫律禁止。这种对生命的珍视，在公祭日得到了充分体现——死是为了不死，死是为了让自己所爱的人能好好活着。

第二天独立日傍晚，我和朋友再次来到拉宾广场。一样的舞台，一样的屏幕，一样的大卫之星迎风飘扬。但这一次，广场上到处歌声高亢，舞裙翩翩。短短二十四小时内，整个国家情绪气氛的大转变着实令人印象深刻。仿佛眼泪尚未擦干，就被突如其来的幸福撞了满怀。

在公祭日仪式上，我本期待着掌声响起，然而等来的却是持续整夜的巨大沉默。在独立日的拉宾广场，我却在人声鼎沸的欢腾之中感受到沉重悲壮的生死相连。第一次听以色列国歌，我对朋友说："你们的国歌真是哀伤。"朋友否认道："那是因为你不懂歌词。我们的国歌虽然旋律哀伤，但歌词却非常乐观。"

再一次，拉宾广场上响起《希望》[①]的歌声：

但使心灵深处，
犹太之魂尚期待；
面东企盼，
双目望断锡安山。

吾望即未亡失，
此望两千年；
兴邦吾土，自由吾民！
吾土锡安，吾土耶京！

正如公祭日纪念仪式的开幕词所言，“公祭日定于独立日前夜，是为彰显这两者之间不可分割的联系。没有对我们所爱之人的缅怀，独立日将不成为节日。亡者的记忆与勇气永存我们心间，无论在战争年代，还是在和平时期”。

在生之寂静中，死亡的喧嚣震耳欲聋；在生之欢腾时，死亡的记忆如影随形。也许唯其如此，生命才更显其高贵，希望才能负载亡者的爱与企盼绵延千年。

注①：《希望》的中文歌词取自张平教授的版本。

05 不一样的公民

2013 年 2 月，以色列国防军士兵 Evgeny Tuluzko（叶甫盖尼·图卢兹可）在一次训练中牺牲。在当年的烈士纪念日到来时，他是国防军最后一名牺牲的战士。按照传统，国防军总参谋长在纪念日前夕要到最后牺牲的战士的墓前献上国旗。然而那一年，总参谋长把国旗放在了另一名战士 Shlomo Nitzani（什洛莫·尼赞尼）的墓前。

尼赞尼于前一年的 10 月牺牲，去世前是陆军中校。图卢兹可只是一名普通士兵。更为要紧的是，尼赞尼是犹太人，而图卢兹可不是。根据犹太教法律，非犹太士兵不能与犹太士兵葬在公墓的同一区域。就这样，生前曾并肩作战的战友，死后却在赫兹尔山上被拉比的法令隔开。

“这就是为什么我不去服役、现在也并不后悔的原因。”俄罗斯姑娘 Rita（丽塔）在公交车上对我说。正午的阳光刺穿玻璃，溅得她脸上一片雪白。她回头看了看后排的乘客，继续道，“新闻里到处都是。他们说他们绝不会去给图卢兹可献国旗，就因为他是俄罗斯人，不是犹太人。”

于 1950 年颁布的《回归法》赋予所有想要回到以色列定居的犹太

人以公民身份。1970 年，这项法律的适用范围扩大到那些拥有犹太祖父母或犹太配偶的人。将近 33 万前苏联移民根据修订后的《回归法》获得了以色列公民身份，但他们并不被宗教法庭承认。根据犹太教法律，只有母亲是犹太人，孩子才是犹太人。丽塔出生在俄罗斯，6 岁时随犹太继父移民到以色列，成为以色列公民。

14 年过去了，丽塔从不觉得这是自己的国家。

“念小学时，我是班里唯一的俄罗斯人。同学当面嘲笑我，背后咒骂我。因为我跟他们不一样。……那些受过教育的犹太人对我们并无偏见，骂我们的都是些没受过什么教育的人。……妈妈很忙，我一周跟她说不上几句话，周围也没什么朋友可以和我说俄语。我只能靠读书才能防止自己遗忘母语。

“在大学里，在打工的地方，我并没有受到什么不公正的待遇。但这样的新闻足以让你明白，这不是你的国家。”

以色列不是自己的国家，俄罗斯呢？

“俄罗斯是祖国，但没有人想回去。

“我以后想去芬兰。那里的气候更像俄罗斯，人也更善良。”

同样是俄罗斯移民，Toli（托利）要比丽塔“幸运”——他的父母都是犹太人——却也和丽塔一样拥有不快的童年回忆。

“他们叫我‘臭烘烘的俄国佬’。那是我第一次意识到孩子其实最残忍。”托利说。

与丽塔拼命读书想要练习母语不同，托利整个小学期间都在拼命强迫自己忘记俄语。

“我那时以为，如果我能忘记俄语的话，就可以变得和他们一样了。”

我哑然失笑，对他说：“你知道吗？我整个高中最大的愿望就是成为和我同学不一样的人。那时候大家穿同样的校服，念同样的书，连口头禅都差不多。每天下午放学，我穿校服在操场上跑圈。风在我耳边呼呼地刮，我只觉得自己身上每一个细胞都在叫嚣‘我只想要一个与众不同的人生，只想成为一个与众不同的人’。不过后来我意识到，没什么人是与众不同的，或者说，每一个人都是与众不同的……”

“是。”托利笑笑，“我后来也能心安理得地接受自己与他们不同的事实了，现在也过得挺开心。不过小时候的强迫计划部分奏效，现在我只能说俄语——因为在家里我们仍然说俄语——但是阅读的话就比较困难。”

对于从别处移民到以色列的孩子来说，融入这里的生活要花上不少时间。但对于一些生长于斯的孩子而言，融入也并非易事。

Salam（萨兰）出生在以色列，是拿以色列护照的巴勒斯坦人。她的家乡 Baqa al-Gharbiyye（巴卡 • 阿尔 - 格哈比耶）市是一座距离“绿线”①很近的阿拉伯城市。

“所以你绝不会说自己是以色列人咯？”我问萨兰。

“绝不可能！”萨兰惊呼，整张脸在浅绿色头巾的衬托下更显生动，“以色列是犹太人的国家。我不是以色列人。”

萨兰上的是给阿拉伯孩子开办的中学。犹太中学用希伯来语授课，有《旧约》课程。阿拉伯中学以阿拉伯语授课，学生们会学习《古兰经》。但是，“犹太中学里课程更丰富，而我的中学除了语言、数学和历史等

注①绿线：1948 年第一次中东战争阿以双方的停火分界线，也是目前国际上主流意见认定的以巴两国分界线。

基础课程外，拓展性的课程几乎没有。前两年我们学校新开了一门卫生实践课，挺有意思的”。

虽然采用哪本历史教科书由各中学自行决定，但阿拉伯中学所用的教科书多是从希伯来语版直接翻译过来的。而在这样的历史课本里，“基本没有巴勒斯坦的历史，感觉像是他们想让你忘记你的身份，和你的巴勒斯坦血统一样”。同时，在阿拉伯中学里没有与大学入学考试对接的课程。这意味着阿拉伯中学的学生需要自学与升学考试相关的内容，或者可以参加专门的考前辅导班，整个学程价值 6000 谢克尔（约合 1 万元人民币）。萨兰在特拉维夫大学念的是英语授课的人文学士项目，因为她的英语比希伯来语好。

此外，萨兰还提到以色列议会中阿拉伯议员的比例为 10%，而阿拉伯人占全国总人口的 20%。阿拉伯人想要到政府部门工作比较困难，因为“雇佣他们会被视为对这个犹太人政府的威胁”。

在以色列，萨兰深深感到自己不属于这里。但在阿拉伯国家，萨兰同样找不到自己想要的归属感。当她到巴勒斯坦的城市去时，那里的人们觉得她是陌生人。当她想去沙特旅行时，她必须绕道约旦，用约旦签证入境沙特。当她被邀请在卡塔尔举行的模联大会上发言时，她需要申请卡塔尔政府特许签证。很多阿拉伯国家的青年人对于以色列居然还有像萨兰这样的“以色列阿拉伯公民”感到万分惊奇。

当被问及对未来的打算时，出乎意料地，萨兰并没有离开以色列移民别处的想法。她说：“在我整个中学时期，我没有在学校或自己的城市里遇见过一个犹太人。但通过模联的活动，我认识了不少犹太朋友，意识到犹太人也不过只是普通人而已。我见过很坏的犹太人，也遇到过很好的犹太人；我见过很好的穆斯林，也遇到过很坏的穆斯林。隔绝、仇恨、屠杀彼此，并不能真正改变什么。我想做那个可以改变些什么的人。”

这样的改变正在发生。

1997 年，两名以色列教育家，一名犹太人，一名阿拉伯人，共同启动了“手拉手”双语教育项目。那一年，他们创立了两个校区，50 名学生成为这个项目的第一批体验者。2013 年，“手拉手”项目的三所学校共有 1100 名在读学生。犹太孩子和阿拉伯孩子在这些学校里共同学习、生活。语言课上有一名犹太老师，一名阿拉伯老师，希伯来语和阿拉伯语是同等重要的科目。除语言课外，学生还会学习有关宗教、文化、历史、节日、价值观等相关内容。这些课程旨在培养他们对犹太教、基督教，以及伊斯兰教传统的了解和尊重。

而在国防军总参谋长未向非犹太烈士墓献国旗一事引起轩然大波

后，退役将军、民意代表 Elazar Stern（埃拉扎尔·斯特恩）立即提出了一项立法建议，呼吁取消非犹太烈士和犹太烈士不能被安葬在同一区域的规定。这项法案一经提出便遭到了犹太教极端正统派人士的强烈反对。在三个月的胶着后，双方在妥协的基础上达成了共识：此后，非犹太烈士和犹太烈士将被安葬在同一区域，但不会在同一排。

斯特恩表示这样的结果差强人意。但很多人认为，与其说这是一次妥协，毋宁说这是又一个极端正统派人士对以色列社会施加了过度影响的明证。

在大多数以色列犹太人看来，为以色列捐躯便意味着“最终的皈依”。每一名为这个国家献出生命的战士，早已用鲜血证明了自己的“犹太性”，证明了无论自己生前犹太与否，死后都理应获得这个国家同样的尊重，都理应在赫兹尔山的公墓里与他们的弟兄葬在一起。生死同袍，一如他们曾经做过的那样，共同守望耶路撒冷的和平。

而我，则唯愿有一天，任何人都不再需要用信仰和生命去证明自己对一个国家的忠诚。

06 战争与和平

警报倾城。

当朋友一天之内从以色列发来二十多张弹片纷飞的照片时，我正坐在北京东三环的写字楼里。这一天，除了北京的晴空和照片中特拉维夫的蓝天同样晴朗之外，我与友人所处的世界已有天渊之别。微信上每隔两三个小时就会收到朋友的信息——“警报又响了”“‘铁穹’刚刚拦截了三枚射到特拉维夫的火箭弹”“我听见炮弹残片落地的轰响了”“玻璃门一直在震，我好害怕”……

放下手机，眼前的电脑屏幕上“太阳谷”峰会的新闻图集还待我编译。巴菲特（Warren Buffett，全球著名的投资商）坐在豪车里朝我挥手，如君临天下，风度翩然。他身后的爱达荷州群山翠郁，静水深流。

身边的同事都在忙着各自的工作。整层楼寂然如夜，唯有键盘敲击声此起彼伏。然而这如夜的寂静却让我震耳欲聋。

我一遍遍在脑海中想象这三天来伴随朋友晨起夜宿的防空警报到底是怎样的声音。听说真正的防空警报与平日演练时不同。平日里，警报声是持续不变的高音，而真正的警报声则是高低起伏的鸣响。如跳动的心电图，如地中海永不止息的浪，如我此刻面对朋友的惊惧束手无策的喘息。

我这才意识到自己真的已经离开以色列了。

我周围的世界已经与那个地中海畔的国度如此不同。而在北京这个平凡的下午，我的心却被来自欧亚大陆另一端的消息一次次冲击。

在我游学以色列将近一年的时间里，以色列和巴勒斯坦相安无事，没有大的冲突。我最接近双方冲突的几次经历也完全不能和现在兵戎相见的状况相提并论。

去年冬天，朋友告诉我，她朋友的女儿在以色列和黎巴嫩边境站岗时被极端分子杀害。姑娘死时年仅 19 岁。今年春天，我参加某非政府组织创办的项目，到约旦河西岸（巴勒斯坦领土）做了走马观花似的探访。一天行程下来，给我留下最深印象的是一位巴勒斯坦抗议者。每次示威时，他都将自己年仅 8 岁的孩子带在身边，并把孩子在冲突中流血受伤的照片拍下来，向每一位前去拜访他的人展示。在我回国前半个月，三名犹太少年在西岸失踪。虽然搜救行动持续了将近两周却仍杳无音讯，但大多数以色列人都认定是哈马斯实施了绑架，担心少年们凶多吉少。后来事态的发展果如他们所料。

除了这些无声消失的生命偶尔会引起我善感的唏嘘外，以色列呈现给我的永远是如海洋般浩渺沉静的温柔。千阳灿烂，白帆远航，特拉维夫港的木栈道一直绵延到云朵的故乡。如果不是国内的朋友提起，我几乎不会想到，不久之前，这里还是全世界安全形势最紧张的地区之一。那时好多人问我，在以色列这个建国以来每隔十余年就会经历一场大规模战争的国家，人们的生活有什么不同吗？我的回答总是，“现在是巴以形势近十年来最和平的时期，除了他们几乎全民要服兵役、公共场所入口都有佩枪的安保人员安检外，我并不觉得他们的生活与中国人有多大不同”。

然而，当加沙的炮弹再次向以色列袭来，以色列迅速以空袭加沙做出强势回应后，我才第一次意识到：我的以色列朋友和我有多么不一样。

他们知道真正的防空警报与平日演练时有什么不同；他们知道当警报响起时，如果附近没有防空洞，应该寻找何种掩体，又该以什么姿势伏地自护；他们知道因为民用飞机会干扰军机执行任务，所以在冲突期间，要更改部分民航班机的起落时间，甚至取消一些航班；他们还知道，自己随时有可能被征召入伍，到那时，之前订好的度假酒店和两天后就要启程的机票，得运气够好才能找到愿意接手的朋友，不然就只能浪费。

而面对哈马斯四天来朝以色列发射的近六百枚火箭弹和迫击炮，我唯一知道的就是以色列有“铁穹”。防火箭弹系统“铁穹”自2011年正式投入使用以来，战绩辉煌。很早以前，在以色列的华人朋友就跟我说过，以色列官方称“铁穹”能拦截99%的近程导弹，“他们说99%是留点余地，其实说99%基本就等于说能够百分之百拦截了”。我因此对以色列平民的安全颇有信心。

回国第二天就看到耶路撒冷骚乱，军机上天巡逻的消息。再过几天，新闻开始报道：哈马斯向以色列发射火箭弹。好几位以色列朋友在微信上给我发来消息，“你离开得正是时候，现在这里的状况一团糟”“我真高兴你在骚乱前离开了，这样至少在你的回忆中，以色列永远是一个和平、安宁的美丽小国，住着很多爱你的人”。他们无一不语气沉重，隔着六千公里的距离，仍让我感到他们的焦虑和担心。

而我只觉后悔和兴奋。

我后悔自己回来得“不是时候”——如果晚回国几天，就能看到“铁穹”在自己头顶拦截火箭弹的酷炫景象。和平时期生活在和平国家的人，一生能有几次这样的机会啊。

我兴奋于“铁穹”为朋友们撑起了一方坚不可摧的天空——在这固若钢铁的保卫之下，观看拦截火箭弹才能成为我平淡生活的调剂。所以，在朋友一天之内第四次提及自己“非常害怕”后，我终于忍不住问她：“你们有这么先进的‘铁穹’，还有什么好怕的呢？”

“我不知道‘铁穹’还能成功拦截到何时。”

我的兴奋顷刻间消解为沉默。

哈马斯的炮弹向来以粗制滥造和打不中目标“闻名于世”。一位曾驻以色列的记者戏称其为“破铜烂铁”。然而，再如何“破铜烂铁”，从加沙发射炮弹到落地以色列南部城市Sderot（斯德洛特）只需9秒，“铁穹”拦截却需要15秒做出反应。打不中比打中还难。这一次，哈马斯的炮弹显然“进步卓著”，打到以色列工业中心海法，打到以色列人口第二稠密城市特拉维夫市中心，打到本·古里安国际机场，昨晚睡前看到朋友的照片，炮弹已经打到了特拉维夫大学的学生宿舍。如果不是因为我已经离开，如果不是因为“铁穹”成功拦截，如果我没有及时跑进防空洞，被炮弹残片炸伤、炸残，甚至炸死的人就会是我。尽管我长期以来都觉得自己可以随时放弃生命。朋友传来的照片里，大家挤在防空洞中惊惧的眼神终于让我意识到正在发生的一切一点也不“酷炫”，而是异常残酷。

曾经新闻里被恐怖的袭击侵扰、惶惶不安的主角，突然从陌生人变成了我最亲近的朋友。她陪母亲在医院通宵输液，防空警报不断响起，她们只得一次次进出防空洞。妈妈由于肾感染，连续数日疼痛难止，终于等到与医生预约的时间到来，却在开车前往耶路撒冷的路上因为火箭弹袭击了耶路撒冷而不得不半道返回。朋友和她妈妈发给我的信息永远只有三个内容："防空警报又响了""身体很难受""好害怕，不知道未来会发生什么"。

我回国那天，她和妈妈、外婆，还有自己的两个妹妹专程到机场为我送行。在我到达机场前半小时，她们就已经等在行李托运处附近了。陪我安检、看我托运行李，然后一家五口在出发大厅抱着我哭得满眼通红。外婆是"大屠杀"幸存者，在集中营里度过了四年光阴；妈妈曾在军队服役，多位好友在战争中牺牲；我的朋友曾在情报部门工作，她的一个妹妹正在服役，而最小的妹妹两年后也将穿上军装。她们早已历经太多生离死别，却仍然为一个来自遥远中国、与她们没有任何亲缘关系的女生的离开泪眼蒙眬。

战争没有使这些以色列人的心灵变得麻木，但他们比那些生活在和平国家的人更为明白：最温柔的人，也最需要铁石心肠。

嗜血好战的不是以色列人。

刚到以色列的第二天，我就恰好碰上了朋友家盛大的安息日家宴。他们提前两个月就开始计划，要和几位久未谋面的舅舅及其家人聚餐。丰盛的午餐过后，十七八个人围坐在客厅，边吃干果，边聊各自近况。二舅家的女儿 Hadar 与我同岁，正在军队服役。那天姑娘愁眉苦脸，因为她贪睡错过了集合时间，被上司勒令交一份检讨。她挎着枪走进客厅时，我惊叹道："喔！你在军队服役吗？那你一定知道如何用枪了？太酷了！"姑娘腼腆地笑笑便坐下来琢磨自己的检讨，姑娘的妈妈则苦笑着摇头。满客厅的笑声过后，是短暂的沉默。

直到今天，我才真正明白那沉默的含义——不是迫不得已，哪一位母亲愿意将自己的儿女送上前线？哪一对父母愿意让自己的孩子在二十岁时就学会开枪？

朋友的妈妈问我几岁，念几年级。我说我二十岁，今年大三。"你看看！"妈妈转向二十二岁才开始大学生活的女儿，"这就是你不用服兵役时会拥有的人生！"

"可是我觉得在军队服役也教会我很多啊。"朋友对母亲的不满不以为然。

"我不想让女儿们去服兵役，可是不送她们去就是犯法。"

“可是你的国家处在敌对国的包围之中，如果大家都不去服役，国家难以存续啊。”

“我当然明白情况艰难，但是你也要明白，我的女儿随时可能会死。Hadar 每天坐公交车回家，我要一直和她发短信，确认她还安全。后来我禁止她坐公交车，要求她必须坐火车回家。那些被巴勒斯坦人在公车上捅死，或者死于公车爆炸的士兵太多太多了。”

这是朋友不在时，我和她妈妈的一次对话。妈妈从不在女儿面前说这些事情，因为她知道女儿们不喜欢听这些软弱的担心。她们刚成年，有自己的恋人，喜欢穿比基尼到海滩晒太阳，喜欢假扮富人逛 LV 调笑导购。她们的人生才刚刚开始，还有大把大把阳光灿烂的日子等在前头，但她们已早早明白：开枪一点儿也不酷。

“服役三年太长了，而且很多人做的是诸如在食堂卖咖啡的工作，军队生活对这些人来说不是什么美好回忆。”另一位朋友对我说，“满腔热血、兴致勃勃去服役的人是少数，大多数人还是宁愿没有强制兵役的。可是你前十八年的安宁生活是别人流血牺牲换来的，现在轮到你了，你凭什么推辞？”

军队里必然有爱国主义宣传，但以色列人爱的“国”，或许比很多和平国家民众心中的“国”要具体得多。国就是家人、朋友、爱人，爱国就是给自己所爱的人以享受和平生活、免予恐怖袭击的自由。以色列人的悲愤也比很多和平国家民众心中“自古以来”的仇恨更有现实基础：绑架、爆炸、刺杀，血腥的事件每隔几个月就在自己身边发生。但我从没有遇到过一个以色列人对我说“巴勒斯坦人死了活该”，我甚至觉得在很多以色列人心中，即使对哈马斯也没有仇恨。他们只觉得恐怖分子荒谬、可怜，更多时候或许是感到文明人面对流氓时的烦不胜烦和无可奈何。

我在 Facebook 上支持以色列的状态让我的好友萨兰非常反感。萨兰是住在以色列的巴勒斯坦人，为自己正在加沙遭受轰炸的同胞们日夜担心。虽然她到西岸同当地的巴勒斯坦人交谈时，并没有如预想般感到回了家，当地人也觉得他们这个同胞像怪物——如果不是“叛徒”的话。

“当你说‘和以色列站在一起’时，听上去好像巴勒斯坦人的命无足轻重一样。已经有一百多名巴勒斯坦人死在以色列的轰炸之下，他们的命就一点儿都不重要吗？！”

“对不起，如果我的发言让你产生了误解。我从来不觉得巴勒斯坦人的命没有以色列人重要，但是导致他们死亡的根本原因是以色列吗？以色列命令平民离开轰炸目标，哈马斯逼他们回去做肉盾是不是事实？”

“你不明白真正发生了什么，加沙的巴勒斯坦人已经一无所有，他们除了以命相搏，再没有别的选择。”

“是谁把他们逼上绝路的呢？是以色列吗？为什么西岸的巴勒斯坦人能拥有相对较好的生活？”

“谁告诉你那三名犹太少年是巴勒斯坦人杀死的呢？是媒体！谁告诉你伊斯兰教就盛产恐怖分子的呢？是媒体！我有来自加沙的朋友，他们告诉我那里真正发生了什么。如果你说自己反对恐怖主义的话，这次挑起冲突、真正实施恐怖主义的是以色列，而不是哈马斯！”

“每搜到一篇支持以色列的评论，我就能看到十篇声援巴勒斯坦的文章。媒体支持巴勒斯坦就是说出真相，支持以色列就是满篇谎言？全世界铺天盖地都是巴勒斯坦儿童死难的照片，你也会说这是媒体自己的发明创造？你有来自加沙的朋友，哈马斯有一位出身高官家庭的儿子出版自传谴责哈马斯，不知你有否读过？而且，以色列为什么无缘无故要挑起跟哈马斯的争端？”

……

这段对话因防空警报突然拉响没有再进行下去。虽然萨兰为哈马斯辩护的立场我不敢苟同，但她那句“巴勒斯坦人的生命就一点儿都不重要吗”却让我深受震撼。我看到自己的以色列朋友趴在地上、眼神惊惧，就觉得心痛难耐，但在萨兰说出那句话前，我却从未想过加沙地带每天都有妇女、儿童正在死亡。他们血肉模糊，眼珠暴烂，甚至没有办法给世界留下一个最后的眼神。

冲突发生以来，巴勒斯坦死亡人数已达百余，以色列目前重伤一人。以色列平民有“铁穹”、有强大军队、有防空洞；巴勒斯坦人却只有命令他们去当肉盾的政府，和诸如“夜间睡觉应避开玻璃窗”的逃生经验。“人人生而平等”的堂皇言论在此刻显得如此空洞。同为生命，因为苟存于加沙，就不得生之尊严，甚至连死都注定那么轻描淡写吗？

也许“人人生而不平等”才是人类无法反抗的宿命，而我们需一生背负这枷锁，直至铁链勒进我们的骨骼。人人生而平等，对无神论者而言，太难接受了。出生在以色列富商之家的公子与出生在加沙阴暗棚屋的婴孩，他们之间的不平等甚至从娘胎里就开始了。从此往后，成长、教育、娶妻、生子，不平等是他们与生俱来的诅咒，如影随形。在这生来就注定的不平等之前，要如何让人相信“人人生而平等”？也许只有在这个意义上，我才能接受宗教的价值。我尊重你，不因你贫富贵贱、善恶美丑；我尊重你，只因你和我同样生而为“人”。这种信念，在这处处可见不平等的世界，如若不相信一个至高无上的造物主存在，恐怕难以恪守终生。相比于“我爸是李刚，我爸是雅利安人，我爸是基督徒，所以我的命就比你贵重”，我还是更愿意相信“所有人都被造物主恩赐了生命，所以应该惜命，惜自己的命，惜别人的命，惜别人的命如惜自己的命”。

今天在回家的公车上，我想：如果有一天我必须在爱因斯坦和恶贯满盈的罪犯间择一杀死，我会杀谁呢？思考或不思考的结果，都是我会杀死恶棍。意识到这一点时，我只觉心口似被巨石猛击：同样是命，为什么我就觉得杀死恶棍天经地义呢？爱因斯坦的命就比恶棍更尊贵吗？我觉得不是的，也不愿相信生命有贵贱之分。因为生命是造物主的恩赐，所以每一个生命都是世间最神圣的存在。

家人和朋友都庆幸我已回国，而我从未像此刻这样渴望自己就在以色列。

我知道自己什么也改变不了，我只是想和朋友们在一起，和他们一起听一天数次的警报，和他们一起在防空洞中拥抱恐惧，和他们一起为袭击中遇难的巴勒斯坦平民祈祷。周作人说，我的故乡不止一个，住过的地方都是故乡。然而，当防空警报从以色列传来时，我才第一次意识到：亲人所在之处，就是我的故乡。而那些把生命视作最高价值的以色列人，早已成为我永生不会割舍的亲人。

我睡着了，一个人，梦见你和我一起。

—— 耶儿·内姆（Yael Nayim），《睡着了》

1930 - 2004
2010

世间万物，有多少死亡，多少打包、旅行，有多少事物打开后不再闭上，多少事物闭上了，就再也打不开。

——耶胡达·阿米亥，《开·闭·开》

午夜的光景，游走于晕眩的迷离和幻想的挣扎中。用谎言筑墙，将欺骗做良方，慰藉那溃烂之殇。
——倪六六

אלי
כהן
א
10richardp@gmail.com
050-2724155

BEN-YEHUDA ST.
שד' דוד בן גוריון
DAVID BEN GURION BLVD.

我现在也是个失败者啊，过去犯过的错，走过的弯路还在生命里闪光，敲打着我：弥补不了啦。但是我可以做一个诚实勤勉的失败者，在这样的时刻，为你们唱首快乐的歌。

——李霄峰，《记一次相遇》

When
I am different from
The world

当我和世界不一样

THREE

RECORD

第三个记录

从罗马到纽约：与世界不一样的其他人

RECORD THREE

01 罗马：带筷子的少年

十五岁第一次出国，去罗马参加十四国青少年峰会。用餐时，同行的韩国男生掏出特意准备的筷子，煞有介事地教欧洲人夹菜，当时我既感兴奋，复觉自责。兴奋是因为终于可以让这些“只认刀叉”的西方人“开眼看东方”，自责是因为这份心意怎么自己就没有？

自备筷子的韩国男生在峰会上是加拿大代表。他在韩国念完小学后就央求父亲送自己出国念书，父亲答应了。年仅十三岁的他带着妈妈和妹妹在加拿大扎根，小小年纪便成为一家之主。妈妈至今不会英文，作用只限于在家为哥妹俩烧饭。他除了要操心自己的学业，还要操心房租、网费、水电、保险。

韩国人不光成绩好，还热心各种社团活动和慈善募捐。他常年每天只睡三个小时，夜里困了就靠生吃辣椒保持清醒。刚到加拿大时为了克服说英语的口音，他用各种方法疯狂练习，把几十段绕口令背得滚瓜烂熟，还学了好多连母语者都不一定认识的词。峰会结束五年来，他仍跟各国代表保持联系，逢年过节总是第一个给大家送去祝福。

加拿大的四位代表回国后给我寄过小礼盒。盒子里有枫叶旗、枫叶糖、小天鹅泥塑，还有一袋他们都爱吃的口香糖。在很长一段时间里，这只漂洋过海的纸盒对我意义非凡。它象征着一个更广阔的世界，代表着我与那个世界曾经拥有过的短暂而美好的相遇。我的家乡被群山环绕，触目皆是苍绿的界限。而另一个世界激荡如大海，如时间的扇面可以无限展开。

02 吉隆坡：桔仔冰与爱

十九岁去了吉隆坡，至今仍怀念那里的桔仔冰。

鲜榨的青桔汁盛在玻璃杯里，佐以翠绿桔仔，净透冰块，几只红似胭脂的话梅，酸甜甘美。杯壁上一层晶体似的水汽，沁凉空气，更沁凉心脾。

在吉隆坡上暑期学校，一半学生是德国人。我的室友也是德国姑娘，二十九岁，在大学里当德语助教，皮肤苍白得可以看见淡蓝色的血管。听说在马来西亚，猴子和蛇常会“入室盗窃”，吓得我俩无论白天黑夜都紧闭门窗。

溽热的午后躺在床上，听她和男友视频聊天。我听不懂德语，但听得懂她温软的浅笑。她和男友是彼此的初恋，十九岁在一起，一恋十年。

我问，你爱他吗？
她毫不犹豫，爱。
你怎么确定那种感情就是爱呢？
她想了想，说，就像时间一到，钟就会鸣响。当你遇见爱情，心中也会铃声大作。

03 华盛顿：雪满华府

坐夜间大巴从纽约去华盛顿。

车上众人酣睡，刚经历过一场离别的我只敢小心翼翼地哭。后来越哭越凶，竟从半夜没完没了地折腾到天色将明。一下车就被冻得不轻。但华府优美自持的建筑深深打动了我。这个被好多朋友认为“无聊”的地方，至今仍是我最爱的美国城市。

然后乘地铁去城郊见学姐。

刚进大学时参加辩论队，学姐带队。有一次和她走在刚下晚自习的人群里，她突然说：“你一直在努力，我们都看得到。”那时的我深陷人生前所未有的颓败，觉得自己身负万罪，诚不可被原谅。她一句平淡的肯定搅得我鼻酸眼酸。

学姐本科念英文系，也是不安分的学生。在国外交换时拼命选政治学的课，没日没夜地读书。读得手之舞之，足之蹈之。她把一大袋上课的笔记抱来送我，带我去见她感佩的教授，和我聊她近日阅读所得，一聊就是好几个小时。她风风火火，急来遽去，日程表排得满满当当。生活从没给过她太多可供消遣的余闲。

后来她申请出国读研。跨专业申请难度不小，她还要拼命争取奖学金。若是没奖，就算被录取也念不起书。圣诞节前后她找我同去食堂。我吃饭，她说话。她说她的梦想和不甘，没说上几句就泣不成声。那是我第一次也是唯一一次见她哭。这个早已被我当作姐姐的人在我面前哭得像一只受伤的小兽。眼泪声钝钝地落在餐盘上，像喉间有痰又不能痛快咳出。拥抱和安慰毫无用处，哭完了抹掉泪还是要自己硬着头皮去走。

真正拼尽全力争一个梦想的人，谁不曾被撞得头破血流。经历过凛冽便会明白，生命一场凉薄，温暖只是片刻幻觉。囊中羞涩的人往往最不缺要价高昂的梦想。这种梦想是扎在心里吸血的刺。不拔心疼，拔之心死。这种痛我和她都太懂。

学姐来车站接我。清晨的华盛顿阳光耀眼，空气却刺骨的凉。她拿过我的行李箱，带我去学校的休息室。没说上几句话她便要赶着去上课。我洗了把脸，坐车去城里逛博物馆，逛完了再乘地铁回休息室等她领我回家。

学姐和两个中国女生合租一间套房，纸壳摊开来当地板用，餐厅桌子上堆满购物袋。她给我铺床，叮嘱我早点休息。说完自己倒抱起电脑去客厅赶论文。

第二天华盛顿大雪，我取消外出计划，留在家里看书。她早晨出门前在床头给我留了一大罐杏仁。我从冰箱里取出昨天买的酸奶，拌着杏仁一勺一勺挖着吃。窗外雪花大如手掌，纷纷扬扬地飘进我嘴里，酸甜绵稠的凉。

吃到一半，学姐的室友回来，和我打招呼："你学姐说你很厉害，拿国奖了？"我嘴里吃着东西，只好含糊着"嗯嗯啊啊"。其实我更希望她介绍说"南戈是个有意思的人"。

晚上学姐赶完论文，终于有空坐下来和我说话。她问我未来有什么打算，是否想好念什么专业，申请什么学校。我被她这么一问才想起来，走这么远的路来看她，却没想好要咨询她的问题，似乎太浪费了。她看我支支吾吾地答不上来，便细细跟我说申请需要做哪些哪些准备，中国学生要努力提高哪些哪些能力。

我听她讲了好久，突然打断她问："你喜欢华盛顿吗？"

她愣了愣，很快回道："喜欢。城市很好，老师也有水平。我很喜欢这里的生活。"

我笑。那一刻才终于想起，我绕这些路来华盛顿，不为看画，不为看雪，只为听她说一句“我过得很好”便觉安心。

翌日，她送我去机场。大雪封路，我们只得从出租车上下来，两个人提着箱子深深浅浅地在雪地里狂奔。一片白光浮泛中，我想起初到华盛顿的那个夜晚。当时我也是这样深一脚、浅一脚地跑过荒芜的草坪去教学楼找她。

黑暗四下涌起，天上瘦星微弱。校园里响起晚祷的钟声。我遥遥地看见她站在灯下，逆光中有尘埃上下翻飞。我知道，这个曾和我同走一段路的人，亦会在未来光亮处等我。

04 特拉维夫：食肉之兰

二十岁在以色列，发现那里的姑娘对折腾指甲有一种狂热，连保洁阿姨都每天变着花样在指尖上打理一座花园。但在“阅甲无数”之后，最让我念念不忘的还是 Or Biron（奥尔·碧容）小姐的十只小太极。

刚到以色列时，为了蹭学校宿舍，朋友曾带我前去拜访她。

路上朋友说起奥尔，称这位负责交换生事务的姑娘“很敏感”“有点高傲”“不知道哪句话就会冒犯她”。我跟在朋友身后默默听着，觉得是否会流落街头全在她一念之间。在这样的忐忑中，我们找到了奥尔·碧容的办公室。房间里空调开得很足，冷气一股股压下来，把我的呼吸也压得沉滞无声。她穿一件薄荷绿的无袖雪纺衫，亚麻色头发挽在脑后，脸上不施粉黛。整个人利落冷净，像一只盛雪的瓷瓶。

朋友介绍说：“奥尔的中文也很好噢！”她礼节性地对我笑笑，便转向朋友，同他用希伯来语交谈。我在边上努力使自己站成一株沉默无害的植物，静静等待自己的花期或死期。

奥尔一边听朋友说，一边敲着键盘。蜂鸣般的希伯来语令人昏昏欲睡，是她指尖十只上下翻飞的小太极让我守住了最后的知觉。她指甲上用红黑两色甲油描画了精致的太极图。手指一动，便觉眼前满是游弋相逐的鲤鱼。朱红咬不到玄黑，玄黑咬不到自己，很有那么点热烈自持的意思。那时我尚未见识以色列女人对折腾指甲的狂热，所以对她颇有趣味的太极图印象深刻。即便在“阅甲无数”之后，我也必须承认，很少再见到像红黑太极那样有趣的图案。

奥尔·碧容小姐对安排住宿无能为力。告辞出来，我未觉特别失望，不过暗自庆幸没有让这姑娘的玻璃心碎在自己手上。我们继续去找她的上司碰运气，住宿问题意外而幸运地被一通电话解决了。我终于在学校边上的宿舍安顿下来。很长一段时间里，我和奥尔只互致过两三封公事公办的邮件。我在邮件中夸过她指甲好看，她悦然称谢，但我们没再有打照面的机会。

有一天，Facebook 上收到她向我发送的关注某公共主页的邀请。点进去一看，竟是她自己的公共主页，上面的资料备注着：Or Biron，独立音乐人，歌手，舞者。页面题图是一汪琥珀色的潭水，她侧脸躺在水下，眉目深沉，红唇如盛开的凤凰花，被粼粼波光涤荡出层叠的细纹。仿佛目睹满树花朵从盛装霜雪的瓷瓶中哔哔剥剥地燃烧般绽开。我看着她数百张妆容艳丽的照片和表演钢管舞的视频，不是不吃惊。主页上有她原创歌曲的音频和新发布的 MV，编曲和剪辑都很专业。后来听她聊起才知道，音频都是在专业录音棚完成的，MV 请的也是专业摄影和化妆师。她把自己看作是集画家、舞者、诗人和音乐人等身份为一体的艺术家。

在我的以色列同学中也常有“身兼数职”者，他们不光是在校学生，还是空姐、保姆、记者、接线员，但像奥尔·碧容这样跨界跨得如此凶猛的恐怕屈指可数。白天她是素面朝天的教务员，帮一群呆头呆脑的大学生处理申请材料和成绩证明；晚上她是高贵冷艳的独立摇滚歌手，抱着电吉他唱曲折的梦境和凛冽的爱情。她的歌词、妆容，还有 MV 的创意灵感，据说都得于自己的梦境。在那些梦里，她是英伦交际花，是日本艺伎，是被爱情束缚的红裙女子，一生走不出命运幽暗的森林。我想起拥有辽阔内心的卡夫卡生前也只是一名默默无闻的小职员。他埋首于无聊公文时的心境我无从得知，但我好奇心里装着一万个斑斓梦境的奥尔·碧容，如何能关紧梦中躁动的蝴蝶在寒气逼人的房间度过漫长无聊的白天？

“我相信每个艺术家都希望自己可以不用打工，就能有足够的钱去搞艺术……不过不管怎么说，能得到这个让我有闲暇写歌的职位，我很开心。我之前在一家高科技公司上班，每天要像奴隶似的干上十几个小时，根本没时间做自己的事情……我工作为了养活兴趣。”

奥尔的外公是音乐家，送给她一把吉他作为九岁的生日礼物。上大学时，她抱着挑战自己的想法到特拉维夫大学念中文。以优异成绩毕业后，奥尔获得奖学金到中国生活了一年多。她在北京的酒吧当过驻唱歌手，回到以色列后又和朋友组起了乐队。她做过不同的工作，都是为了挣钱搞音乐。对于能否成名，她心态坦然。

“能成名当然好。我希望自己的歌能被更多人听到，有更多人喜欢……不过能够有闲有钱继续搞创作我就很开心。未来我想去不同的地方唱歌，和我所爱的人一起体验更多华丽的冒险。”

奥尔的男友是吉他手，腕上缠绕着 Rock n’Roll 的纹身。奥尔•碧容第一支拍成 MV 的歌就是为男友而作，写给那些“在最绝望的时刻邂逅爱情的人们”。她和男友工作攒钱，有灵感了就写歌，钱攒够了就去录音拍 MV，制作好的歌曲放在网上，付费即可下载，付多少由下载者说了算。听者随意，歌者随性。

后来我为了申请美国签证又去过她的办公室。由于之前在 Facebook 上和奥尔聊过她的音乐，这次见面我们熟络许多。她叮嘱因为刚被拒签而垂头丧气的我：“面签时记得态度强硬一点。你听过 Chutzpah 吗？”

“嗯。”我笑。Chutzpah 是很多人描述以色列人的国民性时必会提及的词，有“勇气”“大胆”“鲁莽”“公然冒犯”等意思。在她之前，已经有好些以色列朋友提醒我“在以色列不要 Kush Kush（希伯来语，可爱的意思），要 Chutzpah（蛮起来）”。

“面签时你要 Chutzpah。我知道你性子软，跟谁都客气，但是对这些官僚机构的行政人员，你要是不表现得强硬一点，他们就不会把你当回事儿。”奥尔说。

我想起她和男友组建的乐队叫“食肉之兰”。一个女主唱，三个男乐手。舞台咄咄逼人的是妖冶红裙，男人们只配做暗色背景。

“你得要求他们，而不是请求。”奥尔斩钉截铁地对我说。

第二天，奥尔便把校方的担保文件扫描给我，并在邮件里写：“面签时如果签证官仍有疑虑，你就让他直接给我们打电话，我们会担保你一定不会滞留美国。”她倾尽全力的帮助让战战兢兢的我感动不已。事后我无数次想起她的话，觉得玻璃心的其实是我，而不是她。

在以色列带给我这种惊奇和感动的不只是奥尔·碧容。保洁阿姨和超市收银员也曾令我感慨——她们向来悉心打理自己，指尖总是盛开十座花园。顶着哥特妆来上学的姑娘我也真心喜爱，三十岁重回学校读本科的御姐和从前线归来投入高科技创业的大叔让我觉得好酷。我爱看她们折腾指甲，更爱看她们像折腾指甲一样折腾自己的人生。

05 伊斯坦布尔：蚌壳云烟

长之是我在土耳其念书的朋友，翘课来伊斯坦布尔带我玩。我们俩坐上观光船，在博斯普鲁斯海峡里不知所谓地漂着。Orhan Pamuk（奥尔罕·帕慕克，土耳其文坛巨擘）说，年岁尚幼的他晚上睡不着时，就爬起来趴在窗边看夜幕下的博斯普鲁斯。看到苏联人的军舰开进来，想叫醒全城的人，却怎么也喊不出声。我有时想，他晚上睡不着，是不是因为白天已被博斯普鲁斯的蓝所蛊惑，偷得了半日好眠？我从来从来没有见过像博斯普鲁斯那样的蓝。蓝得那么奢侈，那么满溢，那么黏稠。蓝得整个水域都泛起翠绿的光。我在这样令人眩晕的蓝中不知不觉地睡着了。醒来时，十字军已过去，罗马帝国的王宫已不见，奥斯曼帝国的古堡也淡退山中。眼前是博斯普鲁斯荡漾的碧水，岸上的食客还在热热闹闹地吃鱼。长之坐在对面冲我笑，盈盈地眯着眼睛。

在路边摊买蚌壳塞饭。伊斯坦布尔人把拌有香料和橄榄油的米饭塞进蚌壳里蒸。吃的时候把蚌壳打开，在油米饭上挤几滴柠檬汁。咸香微酸，回味无穷。小贩给我们剥蚌壳，挤柠檬，我们接过来一口吞下。再剥，再挤，再吞。

这一天伊斯坦布尔下雨。雨丝从从容容地飘，石砖都润成了泥土的颜色。艳丽斑斓的郁金香和三色堇在雨中更耀眼了，蓬勃崭新。旅店老板、餐厅厨师、街边小贩，这些伊斯坦布尔人全都像活在历史电影里，不急不缓。在下午三点搬一把摇椅，靠在横街窄巷里和街坊喝红茶，抽水烟，抽出满眼缭绕的云。那种悠闲像泛舟海上，又像浮在空中。时间的水流吱呀吱呀，慢腾腾地。不问来路，不惧明朝。

06 算命师

四月，和最好的朋友在伊斯坦布尔。算命师能通过咖啡粉末的形状预知命运。看她把喝完的咖啡杯倒立在杯托上，待咖啡粉末在杯壁上冷却出形状再翻开。从一堆棕色的糊状物中，算命师认出旗帜、斧头、北极熊和恶魔的眼睛。

听闻《古兰经》有言：“不要相信算命师的话，但也不可过不算命的生活。”

传说小恶魔偷听了几句神的预言，就等不及要告知人间。可惜因为心急，只听得十分之一的命运，剩下十分之九全要靠算命师发挥。

在以色列最后两周，宿舍里搬进新室友。十七岁的犹太姑娘，从小在土耳其长大。头发卷曲漫长，像破碎的海岸线。喜欢说“阿涅”的语气词，像一只忙着讨要礼物的小熊。听她讲对大学生活的各种期待，讲自己喜欢化学，又放不下哲学，听她夜夜在床上辗转反侧无法抉择。

07 人生就像吃泰国料理

法国人已过世的父亲生前是地质学家。他从小随父亲满世界旅行，在五十五个国家留下了自己挑剔的味蕾。

“永远不要计划！”法国人说人生就像吃泰国料理，不计划才能邂逅不期而遇的惊喜。

“重要的不是预设方向，而是自己是否开心。只做那些真正让你觉得开心的事情，生活会有最好的安排。”

十八岁他拿全优的成绩，却从大学退学。先到伦敦工作，后来寓居纽约。我在北京见到他时，他正在帮美国政府做教育推广，闲时给旅游杂志撰稿。直到离开北京前，他仍念念不忘要开一个面向中国年轻人的博客，“介绍音乐、文学、时尚和思想，让文艺复兴的灿烂传统得以传承，让东西方文明在今时今刻交汇……”

伟大的蓝图还没能用三句话说完，他就被老板送回了法国。

08 二十一世纪的纽约

在以色列给朋友过生日。水烟咕嘟咕嘟，抽出满天的蓝月亮。年轻人夜里在露台上喝酒。疯疯癫癫地一面要跳舞，一面要跳楼。

身旁的以色列男生向我抱怨自己的中国女友总在担心——“她家境优渥，耶鲁本科，在纽约投行上班，却每时每刻都在担心。究竟有什么好担心的？你是在二十一世纪的纽约！能发生什么惊天动地的事情？”

我嗑掉面前最后一粒瓜子，默默想着：第三重要的是聚会赶紧结束，回家洗澡；第二重要的是明天裹被单到楼下的草坪上晒太阳；第一重要的是担心。

09 艰难时刻

人怎么知道自己一定能经受住未知的厄运呢？如果不能确定，当然会担心。法国人撇撇嘴：“你需要经历自己的时刻。每个人都会遇到自己的艰难时刻，熬过去，就会看到自己有多强大。”

10 永不低头的孤岛

在北京的第一个周末，和法国人约在三里屯苹果专卖店门口碰头。

他戴墨镜，穿白色丝绸西装，内搭星云色衬衣。果然出柜了？我心想，五年没见就给我这么个惊喜。

我们在巨大的苹果 Logo 下拥抱，又笑又叫。他信誓旦旦地说自己有女朋友，上海人，在米兰学时装设计。他在微信里翻来覆去找了好久，然后犹犹豫豫地把手机递给我："我觉得这个好像是她。"照片上朦朦胧胧一个少女赤裸着上半身，手臂遮住了乳房，手机盖住了大半张脸。

"拜托……能不能来一张看得清口鼻的？"

他又勤奋地埋头扒拉一阵，递过来一张酷似张辛苑的照片："喏，这是我女朋友！"

得了吧。

法国人从初中开始学习中文，如今已在北京寓居一年有余。他没有中文名字。如果要取的话，我想建议他叫“如歌”。

五年前我认识他时，他是大家公认的“怪人”。跟中国人谈西藏，跟英国人讲殖民，跟法国姑娘互骂“贱人”。他在那个十四国青少年拼命伪装成熟、假扮和气的峰会上格外引人注目，像繁荣盛世里愤怒地挥舞着拳头的公知。不过真正让大家感到忍无可忍的还是他那不合时宜的歌声。法国人天生一副跑调的好嗓和时刻准备嚎叫的情怀，他把这种跑调归因于自己沸腾的再创作欲望，而英国人则用尽一生的起床气狠摔窗户，怒泼一挂骂骂咧咧的瀑布浇灭了他的清晨咏叹调。在与他天各一方的这些年里，每次想起他，我就会想起他在残夜未尽的花园中央形单影只地唱《唐璜》。风流倜傥的花花公子被他唱得风也萧萧，水也萧萧。

后来他阴差阳错地流落北京，一次又一次拯救我于坏情绪的苦海之中。

当我还在以色列为即将到来的离别怅然若失时，他就在网上兴高采烈地召唤我：“你快来北京！带你去吃好吃的！”

他带我去吃羊羔肉和华夫饼。吃完拗不过我坚持，在地铁站外面买了一桌油污混杂的烧烤，坐在旁边神态可疑地看我吃。

“你爱吃辣吗？”我边问他，边往包菜叶上层层叠叠地撒辣椒面。

“不爱。”他摇头。

“为什么？”嗜辣如我向来认为世上只有不能吃辣而没有不爱吃辣的。

“因为菜里一旦有辣，其他什么味道就都被盖过了。”

“那不是正好……我本来也就只想吃辣椒啊。”

他还是摇头。

第二次他带我去东四十条的来福士吃饭，“这里有全北京最好吃的泰国菜”。吃到一半他突然说：“刚才那道汤混合了十几种味道，真是太细腻了……”心不在焉的我望着面前寡淡的椰汁鸡汤，冲他摇摇头。

北京的暑气蒸得我整个人恹恹的，只有辣椒能刺激我的食欲。法国人却无论何时何地都能精力充沛地开吃，就像他无论何时何地都能兴致勃勃地开口唱歌。他像品汤一样，把生活也品出了好多层次，还给每个层次都配上专属旋律。悲伤时唱咏叹调，要以气势磅礴震碎命运的乌鸦。高兴时要踏歌起舞，把凝滞的北京跳成明暗相间的风。无聊时唱歌，有聊时唱歌，聚会上唱歌，马路牙子边唱歌。和他走在北京街头，我总是心怀忐忑——不知何时身边就会蹿出嘹亮歌声，我必须时刻准备着甩脸躲开路人惊诧的眼神。

第三次约在蓝蛙。他舔净指尖的千岛酱，心满意足地在露台上开唱莫扎特。我是那天才知道，他在花园里唱《唐璜》的那个清晨离他父亲去世不过两年。他父亲生前是地质学家，死于勘探途中的直升机事故。养尊处优的妈妈和姐姐几乎崩溃，十二岁的他却在突如其来的厄运中以超乎常人的速度成熟。十三岁离开家去念寄宿制中学，因为患有手疾，不能长时间握笔写字，所以课堂上多靠强记。老师却误以为这学生狂妄，骂过许多辱人的话。他找到校长，最后老师向他道歉。十八岁他成绩全优却毅然从大学退学，因为“想不出什么非要拿本科学位不可的理由”。此后他浪迹伦敦、纽约，最后又来到北京。

我有着与生俱来对不安定的恐惧，因此被他从不预设的人生惊得目瞪口呆。他一向按自己的人生观潇洒行事，却兼具讨好自己和讨好生活的本领。他从来只活此刻。不伤怀过去，也不忧惧未来。埋没过无数人的生活被他波澜不惊地品成了浓郁的汤。

“如果你每时每刻都在做自己真心喜爱的事情，未来又会糟到哪里去呢？”

“万一飞来横祸怎么办？”

“我相信我应付得来。”

“怎么这么自信？”

“因为我已拥有过艰难的时刻，而我熬过来了。熬过来就看到自己有多强大，知道未来不会比这更糟。你也会拥有自己的时刻，也许你已经遇到过了。”

我当然可以继续胡搅蛮缠说“生活从来只会更惨”，但在那个晚风宜人的夏夜，有那么一秒我决定活得像他那样乐观。

有时候我看着他会觉得陌生。五年前那个连愤怒时语调都特别温柔的小孩，现在已经比我高出两个头了。那时候他被同行的法国女生排挤，夜里蹲在我身边哽咽。五年后轮到我怀揣成吨的抑郁，在他那里寻找宣泄的出口。

和他聊我写不下去的书。他说你写不下去是因为你“不是在为自己写作，挖掘自己还不够”。

我于是下定决心挖掘自己。那时候我还不知道，人是无法不断追问而不伤及自身的。

聊起我两难的选择，他说："永远不要为任何人妥协，因为到最后，陪伴你的只有自己。我发现女生通常愿意为他人在重大人生抉择上让步，而男生一般只会在诸如今晚要不要去超市一类鸡毛蒜皮的细节上妥协。男生不过妥协一时心情，而你却要妥协自己的一生。"

他劝着劝着又开始唱歌，不但改调子，还为我改歌词。后来我的书写不下去，在 Skype 上向他求助。他提完建议后传我两首歌，千叮万嘱我一定要听。隔天我抬头一看，*Nobody's Born to Lose* 和 *Never Cry about the Past*，这才惊觉我在他心中早已坐实怨妇的形象。

最后一次跟他在地铁站道别。

他对我说，戈，我真希望你能早日弄清自己的心意，去做那些你真正喜欢的事情。地铁从他背后呼啦啦开走，飞逝的灯光晃得我眼酸。

"不要向任何人妥协你的人生。"幽蓝色的灯光落在他斩钉截铁的唇角，像一座永不低头的孤岛。

ברכת הבית
יהא זה המקום
נווה משכן לשלום
כאן תהא שמחה
עם ברכה והצלחה
יתרונן קול תורה
פה תשרה
השכינה

Portakal
Havuç
Ananas

ארומה

Altai
Mongolia
Deserto di Gobi
Grande Khingan
Manciuria
Tarbagatai
Zungaria
Tian Shan
Depressione di Turfan
Sinkiang (Turkestan Or.)
Taklimakan
Alai
Pamir
Hindukush
K2
Karakorum
Kun'lun
Tibet
Transhimalaya
M. Everest
Himalaya
Cashmir
Pianura del Gange
Gongga
Bassopiano Cinese
Corea
Honshu
Hokkaido
Registan
Thar
Ragiastan
Deccan
Orissa
Golfo del Bengala
Indocina
Mare Arabico
Ghati Occidentali

בגדי ים
עודפים
КУПАЛЬНИКИ
ПО СКИДКЕ
טוטו
WINNER
WINNER
WINNER
42

这一刻，我被秘密击中，流着泪，但是守口如瓶。

—— 余秀华，《爱》

求你将我放在心上如印记，戴在你臂上如戳记；因为爱情如死之坚强，嫉恨如阴间之残忍。

——《雅歌》

OLDSTAR
TRADE MARK
גולדסטאר
DARK LAGER
BEER
TASTE SINCE 1950

Coca-Cola

Установка систем
Программы
054-4230859
Частные уроки
Создание Internet-сайтов
Установка домашней сети
Восстановление данных
Защита от вирусов, спама,
шпионских программ

When
I am different from
The world

—

当我和世界不一样

ארי

第四个记录

从以色列到北京：被听见的沉默

RECORD FOUR

RECORD FOUR

01 露露小姐在北京

（一）

露露小姐八月份要来北京学汉语。四月份报名后就敦促我给她订旅馆。外婆帮她预约签证、买机票，妈妈帮她打理信用卡。每次聊起去中国的事，一家人就正襟危坐地听我讲，恨不得在我每个字词间都能揪出潜在危险并就地消灭干净。

“旅馆房间有空调吗？”

“空调能吹冷风吗？”

“房间有臭虫吗？”

“淋浴设备 24 小时都有热水吗？”

这四个问题我从以色列回国前已被反复问及不下五次。最后一次我终于没忍住，刻薄地说：“大小姐，你要去的是北京，不是巴勒斯坦。”以色列政府给西岸的水电供应每天有限额，妹子沉浸在即将去往遥远中国的不安中，没有听懂我的嘲讽。想起一年前跟我妈说："我不去台湾了，我要去以色列。"我妈只有一句话："你要多少钱？"剩下的手续、签证、机票都归我管。真是喜欢我妈这种耿直。

（二）

去 T3 航站楼接机，机场快线开得好爽。

在出口站了快俩小时，和各位妈发了十几条微信后，妹子们终于兴高采烈地冲出来了。打车去宾馆，露露小姐和她的朋友叽叽喳喳呜里哇啦一路叫个不停。快到五道口时，司机小声地跟我说："她们话还挺多的哈。"

到宾馆刚放下行李，妹子就吵着要去逛街。我说我订了饭店，吃完饭再去吧。结果全聚德吃烤鸭，露露小姐死活不愿吃葱和蘸酱，她的朋友说自己看到动物肉就想哭，所以半只烤鸭基本都进了我的肚子，深感满足。我们吃饭时，餐厅里有不少客人在等座，露露小姐哭丧着脸对我说："吃饭时被人盯着好难受，咱能不能快点走？"

由于总处在国际舆论的高度关注之下，很多以色列人觉得自己的国家是世界中心。对于好些中国人并不了解，甚至根本没听过“以色列”的事实，他们感到名人出狱后的如释重负和些许茫然。我向世界中心的来客介绍五道口：“大小姐们，欢迎来到宇宙中心。”

妹子们完全没有长途飞行后的疲惫，雄心勃勃地冲进购物商场，大有买下宇宙中心的气势。两小时后，露露小姐站在扶梯上沮丧地对我说：“为什么东西这么贵？中国怎么了？”

（三）

把妹子们送回宾馆已近 10 点，我一边往地铁站跑，一边担心赶不上末班车。

在宾馆外碰到三个以色列人，他们在等妹子打扮好后去震夜店。两个男生站着闲聊，一个姑娘坐在台阶上抽烟。我说露露有我的号码，你们有什么需要帮助的话，随时可以给我打电话。抽烟的姑娘听完我的话后眼睛闪亮，那一瞬间我想起刚到以色列时因为租不到房半夜号啕大哭的自己。如果不是朋友请我到家里暂住，初到异国的我就只有流落街头。

我坐在回家的地铁上，忽然觉得自己多了好些需要保护的人。

（四）

露露小姐问我五道口附近有什么好玩的。我说清华、北大就在你旁边，我一般旅游只喜欢逛大学和博物馆，不过估计你对这些没啥兴趣。最后我们决定去逛秀水。

露露小姐早晨6点就问我起没起，我们到秀水时，秀水还没开门。继100块买下了标价2800的山寨劳力士后，露露小姐对任何价格都感到还有再砍价的可能。秀水的商人英语真好，目测平均水平比在耶路撒冷老城拉我买东西的以色列人要高。老城商人招徕客户的套话只有“日本人？”“韩国人？”“中国人？”最优秀的也就会说两句“昨天我是不是在梦里见过你”。秀水商人的语言能力就强多了，一家皮包店拢共就三名服务员，两个站在门边不停地朝过路的外国人喊话。美国某篮球队的队员们浩浩荡荡地经过，都已经走出十米远了，最终还是被两位门边妹子叫了回来——“给我一个机会好吗？也给你自己一个机会！”“就进来跟我合个影好吗？你看我们家这个包。”“你要什么？Prada，Gucci，还是Michael Kors？你要什么我们都有！”

露露小姐终于在珠宝店遇到了“听过以色列”的老板娘，但这回知道以色列也许并非好事。

“以色列啊，很多以色列人来我们家买东西，因为你们以色列东西都很贵！”

“这个价钱不能再少了，不能了，不能了，这个价钱在以色列，你扪心自问（Touch your heart），能买到这种质量的水晶吗？”

露露小姐愤怒地涨红了脸：“是啊！可是现在这是在中国啊！中国怎么可以这么贵呢？！”

（五）

在秀水逛了一整天，露露小姐提着一只劳力士、三只普拉达，兴奋地问我去哪里。我说咱去王府井吧，去看真的劳力士和普拉达。结果王府井没逛多久，她就累得瘫在地上，哀求我说实在走不动了，能不能回家。于是我们挤上一号线。

坐地铁是故意的。我总觉得没在北京坐过地铁的外国人不足以谈人生。

露露小姐一上车就要晕倒：“为什么这么挤？为什么不开空调？为

什么大妈使劲推我连抱歉都不讲？”我扶着她的手臂说：“如果毕业后在北京工作，这就是我的日常生活了。总不能天天打车对吧。”

“你可以买车啊。”

“打车的钱都没有，买车的钱哪里来？”

“中国的车都很便宜啊。”

这种何不食肉糜的天真让我丧失了接话的欲望。坐了两站，露露小姐挤在人群中实在受不了了。我看她脸色苍白，赶紧拉她下了地铁去打车。

好不容易在路边拦到一辆空车，结果司机摇头不肯开门。红袖章大爷一把将我拽到身边，用手戳我的肩絮絮叨叨地说什么“中国人”“外国人”。露露小姐蹲在地上快要吐了，我没心思听他唠叨，转身去别处拦车。终于，大爷字正腔圆、抑扬顿挫的“真丢人”传进我耳朵，我气得转身冲他吼出了人声的第一句脏话。后来坐在车上又经过大爷守卫的街角，这才发现他背后保卫的是中南海。

（六）

下周末带露露小姐去魔都，准备带她去恒隆数标价牌上的零。

早在以色列我就向她灌输“电商伟大，淘宝万岁”的思想，但她至今没有慈禧太后坐火车的勇气。昨天她在王府井幽怨地问我：“要是中国人平时想买便宜货他们去哪儿呢？”我头也不回地说：“淘宝啊。”露露一听两只耳朵又耷拉下来了。

02 露露小姐与法国人

（一）

我对上海和上海人民怀有悠久而深沉的好感。露露小姐受我影响，也对即将到来的上海之行充满期待。但在计算了往返旅费和行车时间后，妹子哭丧着脸："太远了……不如我们周末还是留在北京逛街吧？"

那就逛街吧。

听闻北京动物园批发市场商品众多且物美价廉，我带着妹子周六上午早早出发，做好了在那边泡一整天的准备。我不是特别热衷逛街的人。开始几天还能勉力打起精神陪妹子满商场上蹿下跳敬职敬业当参谋，到后来我身心俱疲，妹子一推开商场门就奔去找衣服鞋子，我一推开门就爬去找沙发。坐下行扶梯时扑面而来新鞋的浓烈气味，妹子深吸一口，闭上眼陶醉地说："啊！多么美妙的皮革味道！"我本已头晕目眩，一听这话更觉双腿发软。

妹子看中一条破洞牛仔裤，兴致勃勃地问我怎么样。

“丑。”

妹子惊讶地瞪大双眼：“可是这种款式现在在以色列非常流行！”

“抛开流不流行这点不谈，你自己真觉得这种破烂好看吗？”

“……反正如果你在以色列穿这种牛仔裤，别人就会觉得你非常有钱。”

“……”

最后，妹子花 50 块人民币买下了这条在以色列“只有富婆才穿”的牛仔裤，店家给了她一只硕大无比的塑料袋，体贴地说：“你们待会儿肯定会买很多的。”可惜逛了大半天下来，除了大塑料袋里那条孤苦伶仃的破牛仔裤，妹子没再看上别的东西。

（二）

妹子在我家附近逛得太晚，我便留她在自己的住处过夜。她在浴室呜哩哇啦地叫起来：“天啦，你居然有眼线液！”

“……我该人模狗样的时候还是装得很敬业的好吧。”

“天啦，你居然有眼线液！”

“……”

还在以色列时妹子就委婉地劝我说，在以色列，如果姑娘出门连眼线都不画的话，别人会觉得她是没洗脸就上街了。我认真揣摩领悟其讲话精神，但恶习照旧。我其实就是因为懒，该骂，要改，没什么好辩解的，而且我这个邋遢程度已经到了连中国人都受不了的地步。

我实习公司的设计师特别喜欢说：“你这么汉子你男朋友知道吗？”我总是骄傲地回答：“我男朋友比较妹子，所以我们特别和谐幸福。”

终于有一天我穿了连衣裙去上班，领导立刻警觉地问：“你想干吗？”

但是我最爱穿衣打扮的法国朋友却对我的邋遢给予了莫大包容。今年夏天之前，我和这位法国朋友已经五年未曾谋面了。当我还在以色列为即将到来的离别满脸涕泪时，法国人在 Facebook 上兴高采烈地给我留言：“你快来北京！带你去吃好吃的！”

我们第一次约在三里屯那个巨大的苹果 Logo 下碰头。法国人一身白色西装，内搭黑色印花丝绸衬衫，鼻梁上架一只小墨镜，酷酷地提着公文包等我。我们俩在人群中又笑又叫，高兴地发现彼此还是当年那个神经病，多年来一直拒绝接受治疗。

我跟法国人在北京见了四五次，每次见面他都精心打扮，从皮鞋到香水，一丝不苟。我整个夏天都似一团烂泥，总是蓬头垢面地踩着一双人字拖就去见他。法国人不止一次地对我发表过有关服饰的演说：“人们身上穿的衣服应该充分反映自己的个性，这也是我基本只穿自己设计的衣服的原因。”我颇以为然地踢掉人字拖：“是的，我就是非常低调随性的人。”

法国人咽下已到嘴边的后半截话，颇有涵养地对我点点头。

虽然我懒于收拾，但勤于请教的觉悟还是有的。没有话题的时候，随便问露露小姐或者法国人喜欢哪个设计师，他们就能自顾自地讲上半天，我也能偷得几分清闲。

办公室的设计师偶然提起“喜欢逛 ZARA 的男生 70% 都是弯的”。那天晚上刚好法国人约吃饭，我略有些不怀好意地问他喜不喜欢 ZARA。法国人摇头，说不喜欢。

“为什么？”

“ZARA 的东西都是设计给小婊子穿的。”

我没说话，过了一会儿开口道：“以色列妹子特别喜欢 ZARA。”

法国人以一副“你懂的”的表情看我，我耸耸肩：“妹子总体而言还是很有审美的。”

（三）

露露小姐在来中国前就和法国人结下梁子了。

当时哈以双方战火重燃，我唯恐天下不乱地在 Facebook 上发表了支持以色列的状态。当然被不少阿拉伯人骂得七窍生烟，法国人也要来趟一脚浑水。

我理解法国人希望世界和平，谁都不要受伤害的美好愿望，但战争机器一旦发动，再谈不要伤害任何一个无辜平民就太奢侈。法国人说：“以色列作为发达国家，能够为减少平民伤亡付出更多努力，但令人失望的是，以色列却一而再、再而三地辜负了先进国家的道义责任。”

露露小姐向来对任何反对以色列的言论疾恶如仇。她回复法国人道：“你这人一看便知是阿拉伯人，怪不得仇恨以色列。你们这些不在以色列生活的人，对于现在的状况根本无权置喙。”

法国人虽然不喜欢以色列，但是更讨厌阿拉伯人。一听妹子居然把自己跟绿教徒相比，气得哭笑不得。逗妹子道：“你要非这么讲的话，你自己这代人没经历过‘大屠杀’，是不是我也可以说你们这些没有真正经历过‘大屠杀’的人，根本无权以此来证明自己某些行为的正当性？”

妹子哪里听过这等胆敢“否定大屠杀”的言论，当时就被气哭，微信上发语音泣不成声地跟我说：“他这个心肠歹毒的反犹分子，你应该立刻跟他绝交！”

妹子偃旗息鼓抹泪去了，法国人仍然不依不饶，继续在 Facebook 上苦口婆心地教育她：“首先我不是阿拉伯人，其次，说实话我痛恨伊斯兰教，但是这不代表所有阿拉伯人都仇恨以色列，你更没有资格对你根本不了解的人乱下论断。学着长大吧，你这个待在幼儿园的女狂热分子！！！”法国人以怒气冲冲的三个感叹号终结了自己与露露小姐还未曾开始的友谊。

后来，在北京第一次和法国人碰面前，我无意中跟露露提起要和他见面的事。妹子劝了我好久千万不要赴约，因为“这种心肠歹毒否定大屠杀的人是会伤害你的”。我说我认识法国人很多年啦，而且你如果认真看他的回复,他其实根本不是要否定大屠杀,而是顺着你的逻辑往下说。

“反正我知道他是会伤害你的，你为什么还没有和他绝交？”

我眼看说不下去，赶紧劝妹子说，我知道你讨厌他，以后我不跟你提他就是了。

“不不不，如果你非要去见他的话，告诉我你们见面的情况如何。朋友之间应该是无话不谈的。”

“我一提他你就生气。”

“我关心你！”

见法国人当然是开心的，到目前为止，法国人也还没有动手把我送进毒气室的迹象。法国人十九岁，游历过五十五国，父亲是地质学家，拥有不少地产。他从大学退学后在伦敦和纽约工作过一段时间，现在在中国为美国人做事，闲时给旅游时尚杂志撰稿。当然，关于法国人的任何好话露露小姐都不想听。法国人倒是对露露小姐表现出了浓厚兴趣，一直希望我引见。

“见面干吗？你还要当面把人家姑娘骂哭？”

“不不不，我和任何人在一起都能愉快地交谈。知道什么话题是他们的禁区，那我不聊就是了。我知道怎么和人打交道，让他们开心。”

“再看吧，反正妹子现在不想见你。”

法国人深表遗憾：“她一定是个特别有意思的女神经病。你知道像我这种猎奇的人，遇到狂热分子就特别激动。”

（四）

虽然我们三人当中露露小姐年纪最大，法国人最小，但是要论心理成熟度，法国人让我望尘莫及。我是没有多少情绪需要分享的人，有男朋友说说话就够了。露露小姐和法国人则是一天不和朋友待在一起就像植物见不到阳光。

整个夏天对我而言犹如一场醒不来的疲累的梦。露露小姐来北京前，每天是我忧心忡忡地问领导毕业以后找不到工作怎么办；露露小姐空降后，换成领导每天忧心忡忡地问我要不要请假回家补觉。

法国人也特别喜欢呼朋唤友，没有哪天的晚饭是一个人吃的。我那屁大的情绪和脆弱的神经分享给男朋友以后已经寥寥无几，现在我有男朋友、女朋友，还有一个不男不女的朋友，我觉得自己快要死了。在疲于奔命近乎虚脱后，我终于下定决心拒绝邀约。

拒绝法国人远比拒绝露露小姐容易。拒绝法国人三个理由轮番上阵就够了：没钱、没空、没心情。后来前两个理由也不好使了，因为法国人会说“我请”“你什么时候有空”。但最后一个理由，只要我把微信上所有流泪的表情连发一通，就能成功脱身。

露露小姐呢？从来没有拒绝过。

妹子决定夏天来北京学习后，有一次她妈妈开车带我和她的两个女儿去银行。路上小女儿要妈妈给自己买最新款的三星手机，妈妈说现在没钱。十四岁的女儿问，没钱是什么意思？妈妈哈哈大笑，说因为姐姐要去中国念书，手上的钱都先给她付学费买机票了，过段时间才有闲钱给你买手机。说完妈妈转头跟我解释说，小女儿还从没遇到过“妈妈没钱”这种情况。

车停在银行门口，两个女儿下车去取钱。车里只剩下我和妈妈。她斟酌着字眼对我说："南戈，我知道你们中国人和我们很不一样，你们说话是一个意思，但真正想表达的又是另一个意思。所以如果你在北京不能照顾我女儿的话，请一定现在就跟我直说，我能理解，没有关系。"

我看着她后视镜中的眼睛说，我也不是会讲漂亮话的人，中国人讲话委婉，但也讲"滴水之恩，当涌泉相报"。我夏天要实习没办法天天陪她，但是她刚到的那个周末，接机、搬公寓、买必需品这些安顿的事情我还是能做的。

她点点头。

我也许就是从那一刻开始感到自己对妹子负有责任的。什么样的责任？我也说不清。大约是觉得不能背弃信任自己的人吧。此外，我还奢望妹子能像我喜欢以色列一样，喜欢我的国家。但是这种责任和热望在妹子到中国半个月后渐渐减弱了。

最开始是我们两次路过 PAGE ONE 书店，我提议说，听说这是北京最文艺的书店之一，你想不想进去看看？妹子一听这是书店，转身就走："我可不是到中国来买书的。"当然啦，我不强求别人都跟我一样是除了在家睡觉就是在书店坐地板的神经病。后来妹子说想去紫禁城。周末我问她要不咱明天去？妹子小心地问："要是我说我还是更想去逛街，你会不会觉得我是特别浅薄的人？”

法国人在研究了露露小姐的Facebook页面后就信誓旦旦地跑来跟我说他觉得这个妹子非常浅薄。我说关你屁事，然后决定在他面前再也不提露露。

直到有一天因为一件在我看来特别鸡毛蒜皮的小事，妹子觉得自己遭到了我的侮辱和背叛，一口气发了七条微信，说因为我不信任她已经哭了半个小时（其实我只是向她求证她是否讲过一句话），说“你让我觉得恶心”“我现在没有心情跟你讲话”。

我的神经比班纳特太太还要脆弱，经不起姑娘们不控制音量的惊叫和折腾，所以也懒得再回复，穿上鞋游魂一样出门帮法国人买机票了。

被骂得灰头土脸的我终于忍不住打破自己不跟法国人谈以色列妹子的戒条，问法国人我是不是对妹子太狠心了。露露小姐总说我是世界上的另一个她，而我知道自己和她不一样，也不希望我俩一模一样。对一个全身心为你付出感情的人，作为无法全身心回报的一方，我觉得自己太冷血无情。法国人听了不以为然地撇撇嘴：“真正的朋友两三个就够了，一般的朋友就是互惠关系，你干吗总感到负有情感上的义务呢？你帮她，她帮你，这不是挺简单的事情吗？”

“她是我很要好的朋友，我也非常乐意帮她，只是现在我觉得心累。”

“要是帮助一个人让你觉得心累而不是快乐的话，说明你潜意识里认为她能给予你的远不如你能给她的多。”

我瞬间突然想到，也许让妹子慢慢意识到我和她不一样并非坏事。

（五）

法国人喝光最后一口咖啡，拉我去世贸天阶照 LED 屏幕。那天他刚买了新相机要练手。我被露露小姐数落后也想散散心，于是答应一同前往。

法国人又想坐人力三轮。他对北京的人力三轮有一种偏执的热爱。我因为露露小姐提议只坐过一次，那次过后，吓得魂飞魄散的我们决定再也不要尝试第二次了。

“我不要坐那个车。怕死。你看那车根本开都开不稳，万一哪辆出租从后面撞上来怎么办？”

法国人在这一刻说出了那个让我五体投地的回答：“从自利的角度

来说，三轮车夫应该尽一切努力避免出现事故的可能。要是发生车祸对他有什么好处？”

得到了完美诠释的“自利说”并没有消减我内心的恐惧。法国人把满脸菜色的我拽上三轮，车夫脚一蹬，狂风就噼里啪啦往我脸上灌来。

法国人诗兴大发：“啊！你听这自由的风声，你看这灯火灿烂的北京！”我抹开脸上的乱发，歇斯底里地冲他大吼：“我他妈是真的怕死啊！”话刚出口就被吹散在风中，回音都没有。

法国人随时随地都能唱歌。在咖啡馆聊天，无话可说时他就唱歌，走在路上情绪一上来也要唱歌。而且说唱歌其实并不准确，法国人大多数时候唱的是歌剧。他喜欢莫扎特，对瓦格纳无感。当然他唱十段，十段都是我没听过的，而且他一唱歌别人就要看过来，每到这时我都特别希望自己能就地消失。但是那天晚上在世贸天阶，虽然刚被露露小姐骂了个狗血淋头，我却感到久违地轻松。我第一次也是唯一一次加入了法国人，两个神经病站在 LED 大屏幕下狂嚎了一通 *Memory*。

回去的路上，法国人新买的相机弄丢了。

03 被听见的沉默

（一）

露露小姐在北京时，每次听我和出租车司机聊天提到“以色列”都特别敏感。

“戈！我听到你们说‘以色列’了！你们在说什么？”

我便把出租车司机的话翻译给她听。大多是司机从广播里听到的有关以色列的新闻，诸如“内塔尼亚胡很强势”“他们现在在跟哈马斯干仗，好像经常在打，也不知道是为什么”“照我看呐，以色列那个地方未来五十年估计都不会和平，跟这个姑娘说，让她能走就早点走吧！”

以色列妹子特别高兴能有机会向中国人讲述以色列，听完我的翻译便迫不及待地开始向师傅澄清。澄清的内容无非是重申犹太人在巴勒斯坦建国的合法性，打击哈马斯的必要性，和以色列人那种时刻担心自己会被从地图上抹去的焦虑。这些话我在以色列时已听过千百遍，回到中国后自己也做过复读机，所以对她总能口若悬河扯上半个小时的演讲多少觉得无趣，但还是强忍下心中乏味拣重点给司机翻译。

“她说，以色列再小再不安定，也是他们犹太人的祖国。就因为祖国经常处于炮弹袭击的威胁之下，犹太人的坚守才更为重要。因为留在祖国可能会有生命危险就移民，不是他们以色列人会做的事情。”

“哟，那她还真是挺爱国的哈！”司机手握方向盘目视前方，或许多少受到触动，“不过巴勒斯坦人也够惨的。”

我把话翻译给妹子听，她自然又是从 2000 年前开始讲起，再讲到今天恐怖分子给以色列带来的伤害与恐慌。那些冗长的叙述和妹子连一个句号都插不进的急迫终于使同样话痨的司机暗叹了一口气。到达目的地后，妹子的演讲还远未达到高潮，我一边付钱，一边对司机说：“总之她就想表达两个意思：同情巴勒斯坦人，但他们也没有媒体宣传的那么无辜。”妹子趁下车前匆匆结束了自己未完的演讲：“这就是我想让全世界都明白的事情！”

（二）

虽然我对露露小姐那些陈词滥调不复有最初的兴趣，但她这种“代表以色列向全世界发声”的心情，我却非常理解。

五年前，我出发去罗马参加世界青少年峰会时，内心也曾怀着同样澎湃的所谓爱国主义热情。我怀着这种热情花了一整个下午的时间在街上搜寻到一枚印有中国国旗的徽章。我把这枚小小的五星红旗别在书包上，兴奋地踏上旅途。

我们四个中国青少年分享着同一份“代表中国向世界发声”的使命感。后来我们甚至半开玩笑地决定，如果日本代表的英语果真如传说中那么“捉急”的话，我们也不是不可以勉为其难地代表他们，顺便代表亚洲。

在第一天各代表团自我介绍的环节，大家被要求用便利贴在世界地图上标示出自己来自哪里。我们为了先发制人，消灭敌对势力可能发起的任何无耻进攻，毅然决然地用便利贴覆盖了台湾。可是随后我们很快发现，那些倨傲的欧洲人关心西藏远胜于其关注台湾。我为此一度后悔没把便利贴拍在祖国的西南边陲。

法国人就是我在罗马时结识的。当时的他——用他自己五年后的话来说——痛恨中国政府，但他对中国特别感兴趣，在读中学时已经学了两年中文。吃饭、听讲座、外出活动，他都喜欢跟我们混在一起。我永远记得他在清凉的早晨拉我坐在花园的石板上，兴冲冲地说：“弋，你来！我教你说法语。”说完就用石子在地上开始比划。我也永远记得他在昏暗的夜灯下对我陈词为什么西藏不属于中国。白色灯光下他咄咄逼人的面孔可谓狰狞。

那时候，单是听到“西藏不属于中国”这句仿若来自魔鬼的毒咒就足以令我恐惧得浑身起满鸡皮疙瘩。

我问他：“你去过西藏吗？”

我预设的辩护策略是这样的：这些自己国内一摊破事都管不过来还特别喜欢对中国内政指手画脚的欧洲人不是最喜欢就他们一无所知的事情发表看法吗？他那些口若悬河的论据我从来没听过，也听不大懂，但亲历者永远最有发言权不是吗？法国人肯定会说自己没去过西藏，那我就可以接着反驳——我自己虽然也没去过西藏，但我从小在少数民族地区长大，比他一个远隔千山万水的外国人对中国的民族政策更有发言权。我今天能到罗马和他讨论问题，不正是中国政府民族政策优越性的最好体现？让他们西藏自己发展的话，他们到哪年哪月才能走出青藏高原？

结果法国人出乎我意料地回答：“去过。我爸爸四年前去西藏考察时，我和他一起在西藏住了一个多月。虽然语言不是很通，不过我们也去了西藏不少地方。”接着他报出一连串西藏的地名，然后问我：“你呢？你去过西藏哪些地方？”

在失望地发现不能和我分享他的旅行乐趣后，法国人重新回到他的论证。那个夏日的夜晚，面对他那些排山倒海而来的地质学、人类学、历史学、语言学的论据，我搜肠刮肚，脑海里只有一句苍白的“自古以来”。他言之凿凿的神情有那么一刻使我产生了轻微的动摇。后来我妥协说，我英语不好，知道的也不如你多，但是你愿不愿意把你刚才说的写下来，我回去查证后发邮件答复你？法国人欣然应允，接过我递去的纸笔，靠在路灯杆下，就着微暗的灯光洋洋洒洒写满了四大张纸。

那本笔记回国后我再没有打开过，答应要写给他的答复邮件也从不曾发出。

（三）

在罗马的整个活动的最高潮应该是与当年参加 G8 峰会的各国领导人见面。不过每个代表团只选一人。当时我的英语比现在还要糟糕。糟糕到什么程度？面试时我想不起 Visit 怎么说，听不懂“如果你是温总理，面对西方国家指责中国高居世界前列的碳排放量加剧了温室效应，导致了全球海平面上升的论调，会如何反驳？”中国代表团在出发前就定好了人选，但在见面会的前两天还是象征性地举行了投票。

投票结果当然不是我。

那时候，政客在我心中还是很高大上的存在，而且可以一次性见到包括奥巴马、默克尔、萨科齐在内的一共十四国领导人，在当时的我看来还是很值得向往的事情。此外，我还感到自己有为我的高中带回一张与这些领导人合影的“使命”。

投票结束后的那天晚上，我把自己关进浴室，坐在地板上咬紧嘴唇小心翼翼地流泪，因为不想让加拿大室友听到，进来对我说一堆我听不懂的话。这些领袖在距我仅有两小时车程的 L'Aquila（拉奎拉，是意大利一个活跃的大学城），而我因为自己英语不好辜负了那么多人对我的期望。我靠在冰凉的墙壁上，平生第一次感到了痛苦。

更痛苦的还在后头。回国后，有一次我和美国代表团的一个男生在MSN上聊天，谈到如何选拔参会代表。美国人说，他们四个名额向全国开放申请，申请人递交申请材料，包括成绩单、志愿经历、课外活动、个人陈述，还要针对当年G8峰会所讨论的任一议题表述自己的看法。然后他问，中国呢？

当时中国的四个名额，两个给了北京，一个给了河南，还有一个给了我所在的城市。因为当时联合国儿童基金会在这个城市有试点项目，而我是这个城市最好的高中里总考第一的学生。这话说完我自己都觉得蠢。美国人看到我的回答后回复了一个意味深长的“Hmmm……”。

我问，怎么了？

他说，没什么，我只是在想这是否公平？

是否公平？当然不公平。我相信当时如果向全国开放申请，光是外国语学校中就能找出好多英文比我好得多、眼界比我开阔得多、综合素养比我高得多的学生。他们比我更应该得到这个机会，也能比我更好地“代表中国向世界发声”。

在这之后的五年里，我无数次地问自己：凭什么是你？就凭你来自

GDP 全国倒数第一的省份？就凭你是个从没学过自己语言的少数民族？就凭你恰好还是个女生？这三样东西中有哪一样是你努力得来的？一样没有。那么，凭什么是你？

就这样，我的第一次出国旅行成为自己最羞于向他人启齿的私密。我觉得我不配，我可耻地占用了本应属于别人的机会。我好害怕有一天什么人冲到我面前质问，而我只能对以无耻的沉默。我只能拼命寻找可以证明自己的机会，那样的机会，在当时的我想来——只有高考。我觉得只有我考了全省第一，才能证明我配得上这样的机会，才能证明我不是一个对于不需努力就获得的好运感到心安理得的人。

那时的我不知道自己要向谁证明，也不知道谁需要我的证明，更没想过就算考了第一其实也无法证明。我只是一遍遍在心里默念：你只能考第一才能证明自己。后来我几近精神崩溃地走进考场，在高考结束后的两个月里，我每天除了睡觉就是缩在沙发上抱腿哭泣。

（四）

我最终没能证明自己，但当年一起在罗马的朋友们都在自己选定的人生道路上加速狂奔。那个问我“是否公平”的美国男生进了哈佛；和我一直保持联系的在加拿大念书的韩国人成立了自己的环保组织，并被邀请到联合国总部参加全球公共卫生大会；法国人满世界工作、旅行，一年的生命过得比我五年还长；当年发言被分到一组的俄罗斯男生，现在俨然成为俄罗斯的青年领袖，听闻已是普京面前的红人；而我们当年为其英语水平操心的日本代表，都是外交官和富商的子女，从小在美国接受教育。他们纠结的不是说不好英文，而是纠结自己“不够日本”。这些日本代表曾为艾滋病患者募集到近二十万元的善款，其中一名女生后来也进了哈佛。

我呢？我连自己的目标都还没有。我在一所高中三年从没想过要报考的大学念一个不是自己选择的专业。我每天一点睡，七点起，大学前两年用结结巴巴的俄语讨论红菜汤、腌黄瓜和“俄语是世界上最美丽的语言”。

我很早就痛苦地感到中国东西部教育水平的差距，在罗马更见识到我们和欧美同龄人的差距。最直观的差距就是在语言上。那时，我们四个的英文都没有流利到可以和英语母语者唇枪舌剑的地步，更多时候我们从自己能听懂的只言片语中感到外国人似乎对中国有误解。但那是怎样的误解？听不明白。上去澄清这些误解？说不出来。后来我看到 BBC 在全球气候变化大会期间录制的一个视频，请来了政要和专家，探讨美国和中国的减排责任。台下有中国代表站起来发言（原谅我忘了那位女士的名字），有理有据，有礼有节，驳倒了主持人颇有倾向性的论点，引发全场的掌声与喝彩。

我觉得以后我也要做这样的人。我那时觉得外国人对中国的误解和偏见太多，主要都是因为我们英语不够好，解释不清造成的。就像当时在罗马，中国代表团中途退会回国。消息传到会场，大家都很激动，英国人义愤填膺地说："中国因为不同意碳排方案退出峰会，推卸责任！"我冲上去抢过话筒，第一次流畅地当着那些母语者的面说："退会跟碳排没有关系，因为中国新疆发生了很不好的事情（我那时候还不知道'暴乱'这个词用英文怎么说），代表团要立刻回国处理。"会场顿时安静了许多，还响起了零星的掌声。我由此对偏见的消除相当乐观，觉得很多时候只是一句话的事情，解释清了，有些误解和偏见自然就没了。

但即便在五年前我也模模糊糊地意识到，所谓西方对中国的偏见不仅仅在于我们有些内容未被正确传达，我们与欧美同龄人的差距也不仅仅在语言。具体是什么，我也说不好。他们有比我们更天真、更远大、更乌托邦的幻想，但他们也远比我们更有一步步实现自己想法的决心、勇气和环境。他们比我们更明白自己是谁，也比我们更有勇气坚持做自己。

朋友从德国交换回来，说起自己在德国听过的一次中德儿童器乐大赛。中国孩子都是背谱的，但不论是两人合奏，还是多人合奏，他们与自己的同伴彼此间没有任何交流。德国的小朋友都需要看谱，但他们的眼睛总在乐谱和自己同伴之间快乐地来回穿梭。一位中国家长在台下说："哎哟哟，这些德国小孩的眼睛像会演戏一样！"

那个当年代表加拿大参会的韩国男生，在我认识他时就已经每天只睡三个小时了。我说不是据说加拿大高中生的学习任务比较轻松吗？他说："要及格很容易，要出类拔萃很难，而且除了学习之外，我有很多自己的事情想做。"对我来说，吃辣是一种嗜好；对他而言，每天凌晨三点啃一只辣椒，是为了保持头脑清醒。

五年后在北京，我和法国人也谈起教育的话题。虽然他同样痛恨"软弱的法国政府"，但很为法国的教育自豪。据说法国高中毕业生是全世界同龄人中综合素养最高的。法国中学所授课程涉猎广泛，教育的目的主要在于培养学生根据材料分析综合，得出自己结论的能力，而非抛出一堆勒令你反复记诵的"自古以来"，然后再用这些"自古以来"去论证那些"自古以来"就伟大光明正确的观点。

从罗马回来，我想出国念书的愿望前所未有地强烈。

那时我想去剑桥。为什么是剑桥？峰会期间有一名意大利志愿者，几年前他在伦敦代表意大利参会，现在回来给我们做组织工作。刚到罗马的那个夜晚，他等在宿舍外迎接我们，问候时握手，手掌干燥温暖。那时他在剑桥念书，读经济和法律。我不用听懂他说的每一句话也知道他非常聪明。他长得好看，戴墨镜时尤其。他笑起来时鼻子发出轻轻的声音，然后会用右手握拳遮住上扬的嘴角。就是这样无论什么方面都让人觉得非常舒服的男生。

他是我人生中第一个“想成为”的人。我的愿望非常单纯——我想做他的校友。

后来我在网上查到，申请剑桥需要修 A-Level 课程[①]，当时深圳有一家高中还接受想学习 A-Level 的学生。我妈有一次看到我在电脑桌旁的笔记，小心地问我：“你想去剑桥读书？想去就好好努力，不管需要什么妈妈都支持你。”但是我相信搞不清剑桥在英国还是在美国的她根本不知道自己在说什么。我想去剑桥念书的愿望膨胀得如同一只硕大的

注① A-Level：即 General Certificate of Education Advanced Level，英国普通中等教育证书考试高级水平课程，类似于我国的高考。

气球，后来它慢慢泄气，在我还没意识到时悄悄瘪成一团横在我心里的胶皮。

（五）

在罗马因为英语不好，我深感中国在国际社会的话语体系中总是沉默的一方。我痛恨这种沉默，立志要为消除这种沉默努力。五年后，在填哈佛国际关系论坛的申请表格时，有一栏问题是“你未来想要达到的目标是什么？”我郑重地写下：让沉默被听见。不过这时候我所理解的“沉默”，已与五年前千差万别。

今年二月我去了哈佛。穷学生住不起酒店，我向主办方申请去蹭哈佛大一新生的宿舍。四个姑娘一个套间，里面乱七八糟地堆满袜子、外套、食物和书籍。她们一个原籍天津，五岁时随父母移民加拿大，一个是出生在加拿大的台湾人，一个印度人，还有一个美国人。

美国姑娘把自己野外宿营的睡袋拿给我用，印度姑娘给我抱来自己练瑜伽的垫子，生在天津的小姑娘特别有灵气，和我聊天到半夜。她已经不识汉字，我们聊天也用英文，但她用中文讲“共产党”字正腔圆得吓我一跳。我跟她说我身边有朋友想出国，也有在美国念书最后回国的。

小姑娘不以为然地撇撇嘴："我可从不知道有什么人想去中国生活。"美国姑娘去纽约参加芭蕾舞比赛，回到宿舍已是半夜十一点。她盘腿坐在地上,和天津小姑娘讨论生物课作业,一定要做完后才搭爸妈的车回家。

台湾姑娘第二天一大早就出门去接伦敦飞来的好友，两人约好去跳水。我问睡眼惺忪的天津小姑娘现在学什么专业，她说还没确定，不过可能会是生物、化学这类方向。说到她居住的城市有个获得诺奖的科学家的实验室，她查对方简历，发现科学家居然也是哈佛校友。于是她发邮件问夏天能不能去他的实验室实习，科学家欣然应允。小姑娘说起这事神采奕奕。

二月的波士顿寒冷刺骨。我缩进哈佛对面的一家餐厅吃早饭。邻桌坐着一个背对我的身穿黑色大衣的男生。虽然没有看到他的正面，但强烈的直觉告诉我，这就是当年那个问我"这是否公平"的男生。

我坐在他身后，听他和朋友聊球星、聊教授、聊班上的漂亮姑娘。五年过去了，当年那个面容清瘦的少年如今已略显臃肿。他不知道他的一句话我记了这么多年，在好多个夜深人静的夜晚我把这句话锻成一柄剑，一刀一刀往自己心上刺。他那句话引发的一系列"凭什么"，多年来如同箍在我心上的咒语，总在我意想不到的时刻收紧，勒出血痕。哪怕在我万事顺遂的以色列，这咒语也总是如影随形。

我特别喜欢自己在以色列交换时的中东史教授。他是纽约人，年轻英俊，讽刺话说得辛辣入骨，上课像演话剧，气震山河。我对他又爱又怕。有时他上课提问，我自己在下面小声嘀咕答案，这时候坐在我旁边的阿拉伯女生，就会像我那些可爱的加拿大朋友一样鼓励我："说大声点！他听不见！"当没人回答，教授公布的答案恰好就是我说的答案时，她就向我投来"你看吧，叫你说你不说"的可惜眼神。阿拉伯女生的父亲是以色列派驻加拿大的外交官。她在加拿大念完高中，英文说得和我那些加拿大朋友一样文雅温柔。中东史教授特别喜欢她，因为她总有不同的创见。

后来写期中论文，我拿了98，她拿了80。那个"凭什么"的咒语又在我心上收紧。下课后我已走到教学楼门口又折返回去，找到教授："您不必因为我是班上仅有的两个中国学生之一，就出于鼓励给我这样的分……"教授略带诧异地打断我的话："我的分数从来不是白给的。You deserve what you got."

我匆匆向他道谢，刚转身推开门眼泪就涌上来。

这么多年，从来没有人跟我说我配得上自己的运气和机会，连我自己都觉得我不配。但是这位我那么敬佩的教授斩钉截铁地对我说"You deserve what you got"。我在回宿舍的路上一边走一边掉眼泪，觉得终于有一双手开始拔那些扎在我心上的针。鲜血从针眼里汩汩涌出，那么温暖。

罗马是我前二十年的生命中发生的最美好的事情，但是在长达五年的时间里，我把它当作一副沉重的罪孽来接受。我渐渐明白，没必要为不受自己控制的事情苛责自己。这世上谁不是被无常的命运推着走的?

美国人问我："这是否公平？"

我在去罗马前，从来没有受过听力和口语的训练，也从来不知道它的必要。我的英语老师不知道什么是托福，我没有一个当外交官的父亲可以送我到加拿大留学，也没有什么获得诺奖的校友慷慨给予我学业上的指导，但是从来没有人替我问过一句："这是否公平？"就连我自己也从没意识到是否有问这句话的必要。我在罗马看着那些欧洲和加拿大的孩子（美国人当时实在是太飞扬跋扈，大家都不喜欢），我知道我不比他们笨，我知道我可以比他们更努力。可是我再聪明再努力，又能逃到哪里去?加拿大朋友告诉我自己要跟随政府观察团去南苏丹观察独立公投时，我挣扎在我高考考不了第一、证明不了自己的恐惧里，站在走廊上一道道刷那些历史题，寒风呼呼地灌进领口。

我摇头甩掉这些思绪，喝完最后一口热汤，重新戴上耳罩，走进波士顿寒风凛冽的早晨。

When
I am different from
The world

——

当我和世界不一样

后　记

远方的见证

POSTSCRIPT

（一）

终于写到后记，可以正式地跟这本书、跟六年前的自己告别。

这本书前两章中的大部分篇目，最初都是作为日记写下的。后来为了成书，又添补了若干章节。对我来说，写作首先是一种记录生活的方式。那些使我发生兴趣的人和事，都让我本能地想为他们写点什么。十几岁时，我对自己、对别人都没什么好奇，但在二十出头的今天，我想理解他人的渴望就像四月末的春色一般越来越深。

这本书大部分记录的都是一个年轻人对这个世界最初的观察。

这本书还有另一部分，写我自己的成长。其实我写不好抒情的文字，把私人经历拿出来大书特书也无异于自我凌迟。蒋勋先生写：一个社会心灵粗糙了，才会把个人最隐私珍贵的部分拿出来廉价贩卖。我看到后更觉羞愧。如果不是编辑大人以“字数不够”相逼，很可能我一辈子也写不出这些文章。不过，正是在书写它们的过程中我渐渐意识到，写作还是一种自我清理的方式。

我不太习惯和别人分享自己的负面情绪。年纪再小一些的时候，更觉得示弱是可耻的事情。那些自卑、内疚和怨恨像被收进存钱罐的硬币，年深日久不去查看，自己都会忘记还有这回事情。不过硬币毕竟不是春风日影，不会自己无声无息地消失。如果不去面对，它们就会像一道无法解除的咒语，总在你最无防备的时刻突然侵袭。

去写，就是去面对。能写出来，就是跨过去了。

虽然写出来的过程并不好受——这几篇文章没有哪篇我不是写得头晕脑涨、涕泗横流的。写完《被听见的沉默》的那天夜里，我从上铺翻身下来跪在地上痛哭，内心非常惶恐，害怕自己又要陷入重度抑郁的状态里去。我在那一刻才知道，将近六年过去，好多次我以为自己释然了，其实我从没打算放过自己。或许真的要完完整整、白纸黑字地来一场彻底的清算，才能丢开那些早已生锈的硬币，心无羁绊地往前走。或许真的要走到足够远，活到足够长，才能看清自己所寓居的世界，和生命中每一个节点的意义。

或许只有站在空间和时间的远方，我们才能更完整地见证今天。

（二）

我不敢重看自己写过的东西，就像我不喜欢那个总在夜深人静时找上门来的狼狈、懦弱、无能的自己。这本书中的所有文章写完后我都没脸再去翻看，现在想到它们将被印在纸上，更有强烈的羞耻感。这本书里有很多话，换做今天的我可能无论如何再说不出口，但作为作者，似乎没法完全撇清关系。只能恳请各位朋友“不要太当真”。笑。

谢谢外婆和爸爸妈妈，一直竭尽全力支持我去做我想做的事情。我知道不是每一个孩子都像我那么幸运。

谢谢大淼、绿子和倪六六。

谢谢余一中教授，尽管他已看不到这些字句。这位善良、真诚、博学、慈爱的先生，将永远是我怀念母校的第一个原因。

谢谢艾舍·萨瑟（Asher Susser）教授。他是我的启蒙者，是我见过的最慈悲、睿智和幽默的老人。

谢谢这本书的策划人王俊灵小姐。没有她，今天关于这本书的一切都没有可能。

（三）

我近来特别喜欢问别人一个问题：如果能遇到 21 岁的自己，你会对他／她说些什么？

每个人的回答都不一样。有的出人意料，有的平淡无奇。我不知道若干年后自己会如何回答这个问题，但如果现在的我能遇到 15 岁时的自己，我会给她一个拥抱。

我知道她以后还会有无数个独自痛哭的深夜，也会有无数个感到温暖和快慰的黎明。但此刻我什么都不想说，也确信她什么都不想听。

“那一天我 21 岁，在我一生的黄金时代。我有好多奢望。我想爱，想吃，还想在一瞬间变成天上半明半暗的云。”

谢谢所有读到这里的朋友，愿时光永不夺走青春的好奇，愿你永远有勇气去爱，去思考，去理解这个世界。

去完成你伟大的人生。

2015 年 4 月 17 日